Dear My Thranduil
光與暗之詩
novel YY的劣跡
illust Gene
燃燒的燭芯
三日月書版

真名為瑟爾，從出生時，似乎就擁有不屬於這個世界的記憶。
在一百五十年前為了守護人類，
成為唯一一個的精靈聖騎士，也因此被精靈王驅逐。
戰爭結束後，隱居在聖城伊蘭布林，過著避人耳目的生活。

黑袍魔法師
??歲
伯西恩·奧利維
任教於梵恩城內的魔法學院，
對預言系、元素系以及幻術系三種派系皆有涉略。
是薩蘭迪爾過去的旅行夥伴「預言師奧利維」的後裔，為其侄孫之一。
對薩蘭迪爾抱有莫名的執著。

光與暗之詩

DEAR MY THRANDUIL

CONTENTS

光與暗之詩

DEAR MY THRANDUIL

CONTENTS

光與暗之詩

DEAR MY THRANDUIL

CHAPTER SIXTY ONE

是誰

伊馮走在通往神殿最深處的走道上。他身邊是行色匆匆的神職人員們，他們神情恭謹，眼底深處的卻是隱藏不住的狂熱。與他們相比，伊馮的表情顯得有些嚴肅。

「聖者正在裡面等您。」

守門的侍衛看到他走來，恭敬地行了一禮後就欲退下。

伊馮卻想起了之前儀式上的騷亂，出聲問：「找到人了嗎？」

他沒有指明是誰，然而侍衛已經心知肚明。

「沒有。」侍衛猶豫了一下，接著道，「實際上，巡邏隊在城內搜查了數遍，並沒有查到任何可疑的外人，或許那真的只是一道幻影。」

「幻影？」伊馮冷笑道，「薩蘭迪爾的幻影會那麼巧地出現在儀式上？事情涉及薩蘭迪爾，如果你們不用一百分的精力去查這件事，帶來的損失會是我們承擔不起的。明白嗎？」

「是！」

伊馮見侍衛沒有立即離開，問：「還有什麼疑問？」

「沒有了，不……」侍衛有些緊張又有些畏懼地看向門內，「我這就離開。」

伊馮注視著他的背影，在門口佇立了須臾，伸手推向金屬打造的門把。

屋內，有兩道身影聞聲齊齊向他看來。

「伊馮。」

呼喚他名字的是頭髮雪白的光明聖者。

只用目光注視著他並不說話的，則是他們那位至高無上的神。

『找到他們了嗎？』

都伊的金色眼睛彷彿帶著魔力，透過注視，他的聲音響徹在伊馮腦海。那是一道毫無感情的，彷彿石子碰撞在一起時發出的乾巴巴的聲音。

伊馮有些怔愣地望著都伊，原來一個軀殼裡換了一個靈魂會變得如此不同？萊德維西的聲音不會這麼冷漠，他就像永遠綻放的薔薇，是美麗而生機勃勃的。

都伊似乎對他的沉默和注視感到了不悅，微微蹙起眉頭。

「伊馮！」光明聖者連忙提醒他。

「……不，還沒有找到他們，我很抱歉。」伊馮低下頭，垂下的髮遮住了他所有的思緒。

都伊對這個結果並不意外。

『他，薩蘭迪爾是以利的騎士，你們不會那麼輕易找到他。』祂第一次說了這麼長一句話，卻全是關於精靈的。『如果你們無法找到他，可以試著從其他人入手。』

「其他人？」

精靈們已經離開樹海了，但是那些和精靈們交好的人仍留了下來。白薔薇城、梵恩城，還有那些在整個大陸流浪的職業者們，他們其中肯定有不少人，是堅定的薩蘭迪爾的支持者。

迎上都伊的視線，伊馮已經明白了主神未盡的話語。如果薩蘭迪爾還不現身，那就將支持他的人一個個斬草除根，直到精靈們在這片大路上再無立足之地。

想通這一點的那一刻，一股寒意從伊馮的脊背悄然升起。

他望著眼前的神明，突然無法分辨光明和黑暗究竟有什麼區別。

†††

「可以讓他別再發出那些奇怪的聲音嗎？」羅妮有些嫌棄地看著趴在瑟爾背上的黑人魚，「他這樣會把巡邏隊引來的。」

「事實上，這是他們種族獨有的語言，他在試著和我們溝通。」瑟爾為阿倫解釋道。

「所以呢，您，尊貴的閣下，聽懂他的意思了嗎？」

「……」瑟爾用沉默回答。

「那麼你呢，偉大的法師大人？」

伯西恩根本沒有聽她說話。他伏在窗口，遠眺著遠處伊蘭布林內城的白色高牆。

羅妮覺得這些年長的男性根本一點都不可靠。她把他們從隨時可能會曝光的街上帶到這所隱匿的住處，還四處去打聽情報，在人脈交際中游走，而這幾位男士們，似乎在她離開的期間就負責發呆（阿倫）和沉思（伯西恩）而已，唯一看起來還能依靠的薩蘭迪爾也一直抓著他胸口的項鍊，不知在想些什麼。

「聖騎士們的巡邏已經開始第三輪了，我敢打賭，他們很快就會開始挨家挨戶地搜查，你們必須儘快離開這裡。」

「羅妮。」瑟爾打斷了少女的喋喋不休，「妳之前說，精靈們已經全部撤離了樹海。」

「是。不過你問這個幹什麼？」羅妮看見瑟爾突然笑了起來，莫名有一種不好的預感，「你……你打算做什麼？」

「都伊正在城內。如果妳沒看錯，祂已經在帝國王子的身上完成了第二次的神臨，但祂為什麼沒有立刻出來找我，只是派聖騎士們進行沒有效率的搜查？」

「這……」羅妮不知如何回答。

伏在窗前的伯西恩這時候回過頭來，對於「都伊」這個名字，他似乎格外敏銳。

「或許，這說明祂力不從心，上一次神臨失敗的副作用還沒有完全消除，祂還不能完全自如地運用萊德維西的身體。這對我來說是一個機會，我要去神殿。」

羅妮瞪大眼睛，似乎有些不敢相信自己聽到的話。

「你要去自投羅網！」少女憤怒道。

「不。」瑟爾笑著揉了揉她的長髮，「妳可以說，這是一次有價值的冒險。」看見她生氣的模樣，瑟爾笑得更開心了，「妳這樣讓我想起了南妮。每次我想做一些出乎意料的冒險時，她也是這樣瞪著我。」

羅妮並不喜歡聽到這句話，因為這讓她覺得自己是南妮的衍生品，不是羅妮。

「你還要帶著這兩個累贅去嗎？一條不會走路的人魚，一個失憶的法師？我實在不敢想像這位奧利維法師和在白薔薇城的是同一人。」她看著伯西恩，「他現在就像一塊不會給予任何反應的石頭，你確定沒找錯人？」

伯西恩依舊不聞不動，似乎對外界的評價毫不在意。

羅妮說出了自己大膽的猜測，「你看他現在這個外貌，要不是都伊已經藉著萊德維西的身體降臨了，我還以為現在在我們眼前的這個才是光明神呢。」

瑟爾握著吊墜的手握緊了一些。

「怎麼可能？」他笑著說，「我絕對不會認錯人。」

薩蘭迪爾決定夜闖神殿的事就這樣定下來了。在場四人，一人反對，一人棄權，兩人贊成，少數服從多數。羅妮惱怒地看著那條投了贊成票的黑人魚，等來阿倫一個鄙夷的眼神。

她有時候懷疑這個人魚根本就是故意裝作聽不懂他們的話，他其實什麼都懂。

最後，她只能妥協。

「你準備什麼時候出發？」

瑟爾看了一眼窗外的夜。

「現在。」

†††

伊蘭布林城防備森嚴，位處於核心位置的神殿更是十步一人，嚴密看守。然而，即便是如此森嚴的戒備，依然無法阻止一些人藉著晚風偷渡進來。

這個不速之客不僅實力高強，更對神殿的地理位置了然於心。一百五十年的借住經歷，足以讓瑟爾用腳度量出神殿每一座建築的尺寸了。

阿倫被他像扛麻袋一樣扛在肩上，嘴巴被堵著，眼神中卻流露出興奮。伯西恩倒是沒有跟來，這點讓羅妮感到很意外。只是在瑟爾即將啟程的時候，他突然開口說了一個名字。

「都伊？」

瑟爾怔住了，轉過頭，認真地看向法師。

「不，你的名字是伯西恩。伯西恩・奧利維。」

留下這句話，瑟爾扛著人魚潛入了神殿。他幾乎能料到都伊目前的位置會是神殿最安全也最危險的區域。安全是對神殿內部人員而言，危險是對瑟爾這樣的外來者而言。

不過今晚，什麼都阻擋不了瑟爾孤軍深入的決心。

伊馮停下了腳步。

「你們聽到什麼聲音了嗎？」

「沒有，團長。」

其他聖騎士們面面相覷。

「是風聲吧。」

「說起來，萊德維西殿下之前似乎曾說要在走廊掛一串風鈴，不知道後來有沒有掛上。」

聽到那個已經不復存在的人的名字，伊馮頓了頓。只不過一會，他又變回那個鐵面無私的聖騎士團團長。

「走吧。」

目送聖騎士們遠離後，瑟爾才鬆了一口氣。伊馮的感覺真是敏銳，差一點就被他發現了。不過，過了伊馮這一關，也意味著他離成功只有一步之遙。

瑟爾帶著人魚躍下屋簷，走到那扇金屬打造的門扉前，猶豫了一會，緩緩推開門扉。

門內，空無一人。

阿倫好奇地四處張望著，又疑惑地看向瑟爾。這個空房間有什麼好看的？

正在這時，一道聲音在他們背後響起。

『你在找誰？』

瑟爾感覺自己的後背都僵住了。他用盡全身力量，才讓自己回過頭去。

那是一個俊美的年輕人，面容柔和，和伯西恩有完全不一樣的五官。然而此時，瑟爾卻聽見他用熟悉的語調說。

『你在找我嗎，瑟爾？』

胸前，存放著伯西恩靈魂碎片的小瓶子滾燙而炙熱。

瑟爾從沒有想過，那天的伯西恩是抱著什麼樣的心情去赴死的。伯西恩選擇以身相替，最後肉體和都伊的意識一起消散，但現在，他們又出現在自己面前。

「我該叫你伯西恩，還是都伊？」瑟爾警惕地看著眼前的光明神。

他注意到對方闔上了外間的大門，似乎是不希望外人來打斷他們談話。

「你覺得呢？」

這一次，都伊開口說話。祂的聲音清脆悅耳，這是原本屬於一個名為萊德維西的年輕人的聲音。

「當我第一次醒來時，我不知道自己是誰、自己在哪裡，周圍一片黑暗。那時候的狀態，應該就和現在跟在你身邊的『伯西恩』差不多。」都伊接下來說出口的話，不免聳人聽聞，「喚醒我的，是我虔誠信徒們的儀式。他們讓我在這具軀體上復活，並因此擁有了清晰的意識。」

阿倫有些害怕，他縮在瑟爾身後，對都伊有著本能的畏懼。

光明神卻突然話多了起來，依舊喋喋不休。

「不過那時候儀式還沒有完成，我能在這具身體上清醒的時間十分短暫。但這段短暫的清醒也足以讓我找回一些記憶了，其中既有屬於光明神都伊的，也有屬於法師奧利維的。」

都伊看向瑟爾。

「你覺得我現在是誰？」

一個哲學問題，如何能確定你就是你？

依靠記憶？那麼未免太過工具性，如今有不少法術可以移植記憶，但是被移植了記憶的人，卻不意味著成為了原主本人。那麼性格是決定的根本？然而性格本身卻不是一成不變的，它會隨著人的成長而改變，具有太多不確定性了。

那靈魂呢？

瑟爾胸前的靈魂碎片在發燙，但他不願相信，眼前的這個「人」就是伯西恩。

「你不是伯西恩，他不屑利用別人的性命來復活自己。」瑟爾說。

都伊反駁道：「是嗎？可『他』卻曾吞噬你伙伴的軀體，只為強壯自己的力量。」

瑟爾啞然。他想要反駁的話剛到嘴邊，卻陡然驚覺不知何時自己已經偏心了，對於伯西恩「害死」奧利維這件事，他不怨恨與憤怒，更多的是無奈與理解。

都伊當然也發現了他的這份與眾不同。

「看來，『伯西恩』對你很特別。我應該感到高興，畢竟『我』臨死時都不敢期望的事，現在成真了。」

「住口！」瑟爾突然憤怒了，「如果不是你和你的那些信徒蠱惑伯西恩，奧利維怎麼會死，伯西恩也不會背負這種罪孽！」

「那麼，我該怪誰呢？」都伊靜靜地看著他，「如果不是以利把我當做一枚棋子，當成填充世界的養分，我也不至於為了存活而如此掙扎。這樣說起來，以利才是罪魁禍首。喔，看起來，你對這件事好像並不意外。」

瑟爾早就察覺到蛛絲馬跡了，從沃特蘭，從荷爾安，從弗蘭斯法師口中，他隱約察覺到了一些真相。然而這一切，都比不上光明神親自對他解說的清楚。

「以利，眾神之神，偉大的造物主。祂提起筆輕輕一揮，世界就誕生在祂眼前。這個世界就如祂的一副即興畫作，祂一時興起，就想要這幅畫活過來，變得生機勃勃充滿生命。可這需要十分龐大的能量，所以祂將我的兄弟姊妹當做世界的基石，一個個投入其中。而最後一個將被投入這幅畫中成為養分的，就是我。」

都伊冷靜地說著，好像不是在揭露這個世界最隱祕的真相，只是在講一個不起眼的小故事。

「法師們使用法術的時候，魔網裡流淌的魔力是從何而來？精靈們從樹上摘下果實的時候，那飽滿的生機是從何而來？這個世界、山川、河流地轉星移的力量是從何而來？神明們明明沒有天敵，卻不斷隕落，新神取代舊神，接著被更新的神明取代。薩蘭迪爾，你還不明白嗎？就像你的父親，『我們』只是以利隨處可以拿來替換的燭芯。燃燒我們的性命，這個世界才得以存活。這樣的世界，對我們有何意義？」

周圍一片寂靜，安靜得好像連呼吸都停止了。過了好久，瑟爾才找回了自己的心跳聲，他感覺到耳邊一片嗡鳴，整個腦袋都在發脹。

「爸爸他……是為了保護我們。」

都伊金色的眼睛裡充滿了憐憫。

「他只是為了保護你。如果他不獻祭自己，當時被以利選上祭臺的會是你。」

瑟爾瞳孔緊縮，猛地抬頭望去，都伊卻瞬間移到他面前，用手指點著他的額頭。

「不然，你以為自己為什麼會成為以利的聖騎士？因為以利維持這個世界的那根蠟燭快燒盡了，祂要儘快尋找到替代品，那就是你。精靈王本來還有一千年的壽命，卻提早被徵召，你應該見過另一個女性精靈王了，她都還沒有被徵召，為什麼你的父親卻如此短壽？」

「那根即將燃盡的蠟燭是你！」瑟爾一把揮開了祂的手。

「你可以這麼認為。」都伊對他勾起嘴角，露出一個類似微笑的表情，「或許你已經從沃特蘭那裡聽到了赫菲斯的死訊。想想你的父親，想想你自己，薩蘭迪爾，如果你不想成為下一根被燒乾的蠟燭，你應該與我同一個陣營。」

原來這就是祂的目的。

祂沒有喊衛兵，沒有立刻攻擊我，是在這裡等著。瑟爾在心裡冷笑，光明神竟然想要拉攏我成為祂的同伙。

「很抱歉，恐怕要讓你的算盤落空了。」瑟爾看著祂，「我不想成為蠟燭，但也不想成為下一個萊德維西。與你合作，並不比被以利利用好多少。」

「你不想掌控自己的命運？」都伊對他似乎有些失望。

「你也說了是自己的命運，那為什麼要交給你！阿倫，走！」

就在說出這句話的下一瞬，瑟爾就抱起黑人魚。空氣扭曲的瞬間，伊馮帶著聖騎士們從屋外衝了進來。

伊馮只聽見了瑟爾的最後幾句話。

「你不是伯西恩，你只是強占了他記憶的強盜。遲早有一天，屬於他的一切我都會奪回來。」

瑟爾消失了，和他一同消失的，還有都伊臉上所有的情緒。

『搜查全城。』

都伊冰冷的聲音在伊馮腦海中響起。

『一個角落都不可錯過。』

伊馮領命而去，卻遲遲無法忘記瑟爾最後的幾句話。占據著那個軀殼的靈魂究竟是誰？是都伊，是伯西恩，還是……萊德維西？

羅妮看著瑟爾和黑人魚憑空出現，又拉住她的手臂要匆匆離開。

「聖騎士們快要搜查到這裡了。伯西恩呢？」瑟爾蹙眉。

「我們離開這裡。」

就在這一刻，他看到一道半透明的金色屏障從神殿上空升起，然後一點一點向外延展，逐漸包裹住整座伊蘭布林城。

瑟爾凝望著天空，喃喃說道：「神力結界。看來，都伊這次是真的不打算放我們走了。」

羅妮擔憂道：「使用這條人魚的能力也不行嗎？」

瑟爾搖了搖頭：「阿倫的能力不能直接與神明對抗。看來我們無法離開這裡，只能另外想辦法。」

「可以離開。」

一道聲音從旁邊插進來。

「結界還沒徹底完成，我們還有時間。」

瑟爾看著又突然出現的伯西恩。

「……你怎麼知道？」

伯西恩沒有回答，他看起來似乎有點困惑，像是一個天生知道糖是甜的人，不知該怎麼解釋糖為什麼是甜的。

瑟爾放棄了追問。

「你帶路。」

伯西恩這次點了點頭，他抓住瑟爾，幾人一起離開了房間。伯西恩的預感沒錯，神力結界的確還沒有完全成型，他們抓住了一個漏洞，躲避過巡邏的人員耳目後，成功離開了伊蘭布林。

在瑟爾踏出聖城的那一刻，都伊若有所感。

他望著城門的方向，嘆了口氣。

「你怎麼確定『他』就是『他』，而『我』就是『我』呢，瑟爾？」

†††

風起城即將經歷一場兵荒馬亂。

「說實話，剛聽到這個消息的時候，我以為你在開什麼低級玩笑。」蒙特看著對面的半獸人，「你確信你說的是真實的？」

「也許他就是在說謊。」吟遊詩人尼爾在一旁道。

「不！不，相信我，絕對沒有！」半獸人沃利斯祈求道，「你們想要打聽的情報我都告訴你們了！是真的！當時我親眼看見那些惡魔混血和那個叫利維坦的男人，在我帶他們去旅館找薩蘭迪爾之後都進了職業者協會！我沒有說謊，我還差點被他們發現！」

「你相信他的話？」尼爾問半精靈。

「很難說。」蒙特聳了聳肩，「惡魔混血在南方聯盟生存了數百年，要說他們和各個官方組織有所連繫也不奇怪。我關心的是，那一次利維坦是不是根據職業者協會提供的情報才找到我們的。要不是薩蘭迪爾在，我們可就完蛋了。」

「我聽說之後薩蘭迪爾還拜託南方的職業者協會，給你們幾分關照。」

「這也不能為他們洗清嫌疑。一個組織不可能把雞蛋都放在一個籃子裡。」蒙特說，「尤其現在南方職業者協會的會長，還是一個老奸巨猾的老頭子。這個老頭現在是南方最高權利人之一，雖然他也許不願意公開得罪瑟爾，不過他可能已經祕密與利維坦結盟。這個消息，對我們可不利。」

精靈們和半精靈們正在搜尋所有有關薩蘭迪爾的消息，從酒館帶回半獸人本來只是不願放過任何線索，沒想到卻查到一個重要情報。

惡魔混血的身影曾經出現在梵恩城，然後以梵恩城的黑袍協會為樞紐，與光明神殿聯手製造出了「魔癮」與「神臨」。惡魔混血的蹤影出現在南方職業者協會，是不是意味著他們已經打入南方政權高層，將這個唯一不受光明神殿影響的勢力逐漸掌握在手中了？

而尼爾和蒙特他們，還不知道利維坦出現在沉沒大陸的消息。

「可不能讓他們得逞。」尼爾說，「我們還指望著依靠南方聯盟，去扳倒光明神殿呢，不能讓這股力量落入惡魔手中。」吟遊詩人碧翠色的眼睛望著窗外陰沉的天空，「北方因『魔癮』而死的已經有數十萬人，就連獸人們也被逼退到了後方峽谷。再這樣下去，恐怕我們和光明神殿會兩敗俱傷，受益的是那些長角怪們。」

「連繫艾斯特斯。」

蒙特剛這麼說，就看見女性半精靈菲耶娥急喘著氣從屋外飛奔進來。

「有消息了！」她的表情似驚似喜，「波利斯從東方帶來了薩蘭迪爾的消息，他們墜入了深淵，不過都平安無事！」

「那妳為什麼這麼慌張？」蒙特不解。

「壞消息是，薩蘭迪爾本來準備直接去樹海，然而他們傳送失誤，而且昨天，北方傳來了『都伊降臨聖城，並用神力封鎖全城』的消息！」

屋內一片寂靜，半精靈和吟遊詩人許久都沒有說話。

不知多久以後，蒙特才聽見自己用乾啞的聲音問。

「波利斯他們有什麼打算？」

菲耶娥深吸一口氣，「他建議我們——占領南方聯盟，與光明神殿正式開戰。他會提供兵力給我們。」

「太及時了。」尼爾冷笑說，「正巧，我們抓到了南方聯盟高層的大把柄。」

原本趴睡在桌上的狼女孩特蕾休被他們驚醒，睜開眼睛，有些迷茫地看向四周。

「瑟爾？」

†††

「瑟爾，你不睡嗎？」

少女溫柔的聲音，一瞬間讓精靈回想起了故人。然而他收回凝視著窗外飛雪的視線，看向這個熟悉又陌生的少女，就知道一切不過是自己的錯覺。他會因為錯覺，一瞬間將羅妮錯認為南妮，那麼他也會因為錯覺而認錯伯西恩嗎？

瑟爾搖了搖頭，努力驅散都伊的話語對自己的影響。

他絕對不會認錯伯西恩，而都伊也絕不可能是伯西恩。

「外面在下雪，羅妮，妳不覺得這個冬天太漫長了嗎？」瑟爾問。

「說實話，在離開白薔薇城之前，我並不會在意冬天是否已經到來，又是否過於漫長。」少女走到瑟爾身邊，和他一起看著窗外飛雪，「因為我不會挨餓，也不曾受凍，冬天對我來說只是名稱的變化。而在離開家……離開那個家族後，我才知道在食物不足的地方，有無數人會因為這些美麗的雪失去性命。」

羅妮有些自嘲道：「而高高在上的家族繼承人，是不會知道這一點的。」

瑟爾故意打趣她，「妳可不是家族繼承人。」

羅妮忍不住白了他一眼，「我知道，我想哈尼那傢伙應該會比我更明白『冬天』的含義。所以，你當時才更看好他？」

精靈揉了揉少女腦袋，「如果現在讓我選，我可能無法那麼輕易決定。」

羅妮露出一個得意的笑容，這讓瑟爾覺得有趣。

「今年的冬天太漫長了。」他又說了一遍，「加上『魔癮』，估計會有數百萬人死在這個冬日。」

羅妮吃了一驚。

「這麼多！那些貴族，還有神殿的人呢？他們不做些什麼嗎？」

「寒冷是名為自然的死神，權貴的利劍對它毫無用處。」瑟爾說。

「那以利呢？祂也不能做些什麼嗎？」

瑟爾沉默了好一會，才說：「我不知道，也許……祂也無能為力。」

不，或許以利根本就不想耗費精神。

都伊的那一番話，還是讓瑟爾和以利之間的裂痕變深了。瑟爾已經許久沒有聽見以利的聲音了，他想，也許那位無所不知的神知道這個狀況，祂也在躲著自己。

門吱呀一聲推開。

伯西恩從屋外進來，看了兩人一眼，沒說半句話，徑直回到自己房間。三人離開聖城後一路向南，好不容易在這個雪夜找到一家小城的旅館借宿，伯西恩卻不聲不響地出去半宿，很難不令人起疑。

羅妮用眼神向瑟爾表達了自己的不滿，又小聲說：

「我在聖城和貴族們斡旋了數個月，即便是再表裡不如一的貴族，也不像他這樣心思難猜。」

「他以前……」瑟爾斟酌著說，「他從以前一直都是這樣，沒什麼。」

伯西恩從不會對別人說自己的想法，至死都是如此。

瑟爾和羅妮各自回去休息了，然而後半夜，他們的美夢終究被意外打破。

窗外傳來的哀嚎聲從遠及近，空氣中的血腥味也越來越濃郁。瑟爾睜開了眼睛，跳下床走出屋子的那一刻，和羅妮四目相對。

「是『魔癮』！」少女咬著牙道，「『魔癮』蔓延到這裡了，城裡的人們正遭到襲擊！」

瑟爾大感意外，這座城市離伊蘭布林不算遙遠，而「魔癮」竟然已經推進到如此之深了。他想起之前在沉沒大陸看見的利維坦，在心裡嘆息傷亡人數恐怕超過自己估計的數百萬人。

「走！」

瑟爾抓起自己的長劍，摸著劍柄上熟悉的紋路。

「走，去哪裡？」少女在他身後，用微微發顫的聲音問，「我們要離開這裡嗎？」

瑟爾還來不及回答，就看見已經穿戴整齊，站在屋外的伯西恩。彷彿注意到他的視線，伯西恩側頭望來。

他看著瑟爾，問：「一起？」

瑟爾笑了。

「一起！」

他拔出長劍，和伯西恩一同往哀嚎聲傳來之處奔去。

伯西恩絕對不是都伊。

都伊雖然有伯西恩的記憶，但祂從始至終都想把瑟爾拉到自己的陣營，祂想利用瑟爾。而伯西恩卻永遠默默準備，在瑟爾需要的時候隨時伸手相助。

有著伯西恩記憶的都伊，不是伯西恩。

眼前的這個失憶的傢伙，才是伯西恩！

瑟爾越發篤信了這個想法，帶著驟然輕鬆的心情奔赴前線。

「怪、怪物啊！」

「媽媽，嗚嗚，媽媽。」

「救命！救命，請讓我也一起上馬車吧，求您！」

「滾，這輛馬車坐不下了，不要連累我們。」

「啊啊啊啊！麗娜！」

瑟爾和伯西恩趕到現場的時候，看到的就是這一齣人間慘劇。數小時前在飛雪下安靜溫馨的小城已經淪為地獄，一輛逃離的馬車被魔化的怪物們攔下，馬匹被撕碎，車上的人們絕望地互相推擠，不甘地等待死亡的來臨。

毫無理智的怪物們將利爪伸向哭嚎的人們，忽然被一柄利劍斬成兩段。很快，追擊而來的魔化怪物們迎來了相同的命運，他們失去溫度的醜陋身體在倒在地上的那一刻，陡然找回了靈魂。

「啊……謝……」怪物的眼睛裡流出液體，頹然倒地。

驚惶不定的倖存者們互相張望，他們看見那個從天而降的銀髮劍客蹲下身，替怪物闔上了眼皮。他們看見了他纖長的雙耳，看見他俊美的面容，卻沒有讀懂他臉上的不忍與悲憫。

當他轉過頭望向他們時，剛剛從地獄僥倖逃生的人們爆發出了強烈的情感。

「是薩蘭迪爾！」

「救世主，薩蘭迪爾！」

襲擊城市的魔化怪物不多，當羅妮姍姍來遲時，瑟爾和伯西恩已經解決了全部的威脅，而倖存者們遠遠圍繞著站在最後一具怪物屍體旁的瑟爾，歡呼著他的名字。

同伴和魔物們的屍體被冰冷地拋棄在一旁，瑟爾就像是一座雕像，一動不動地任由人們膜拜。

羅妮突然開口：「我第一次覺得『救世主』並不是一個好的稱呼。」

伯西恩沒有回答她，他越眾而出，一步步走向被人群包圍的身影。在所有人都狂呼薩蘭迪爾的名字時，法師向精靈伸出手。

「瑟爾。」

瑟爾微微一愣，隨即，臉上露出一絲笑意。

他握住了伯西恩的手。

光與暗之詩

DEAR MY THRANDUIL

CHAPTER SIXTY TWO

法杖

薩蘭迪爾的名字再一次響徹大陸。

這一次，甚至節省了蒙特尋找他的時間。因為只不過是幾日功夫，薩蘭迪爾在魔物手中救下了一座城市的功績就無人不知，無人不曉了。比起一直龜縮在聖城的光明神殿，薩蘭迪爾身體力行，奪回了人心。

即便是在風起城，向來對北方漠不關心的混血們也津津樂道起薩蘭迪爾的功績。

「聽說他一夜之間就殺了一千個魔化怪物！」

「這有什麼，我還聽說他殺了一千個怪物之後，又和一個突然冒出來的領主級惡魔大戰了三天三夜，最後把那惡魔打為灰燼。」

「誇張了吧，三天三夜，他不吃飯睡覺嗎？」

「人家是以利的聖騎士啊！」

這麼一想，不吃不睡、打倒一個領主級惡魔，倒也不是不可能。

眼看著傳聞傳得越來越誇張，蒙特跑去找艾斯特斯商議。

「去連繫波利斯的那群人怎麼還沒有消息？等他們人都到齊了，我們就立刻出發去找瑟爾！」

身為話題中心人物的親弟弟，艾斯特斯反而沒有他那麼著急。

「布利安半個月前就出發去獸人山麓了，不也是沒有回來？沒有那麼快，你不必心急。」

「我怎麼不心急？」蒙特瞪大眼睛看他，像是不相信這個精靈能這麼冷靜，「無論瑟爾打敗惡魔，救下一座城市的消息是真是假，現在這傳聞都傳遍大陸了，聖城那邊的人會沒有反應？我是擔心光明神殿先一步派人去找瑟爾，那就來不及了！」

不僅蒙特這麼想，光明神殿內部人員也這麼想。

「絕對不可錯過這個時機！」

聖城內的一場祕密會議中，有人高聲道：「現在薩蘭迪爾孤身一人在北方，他的部下和從屬們都被分隔在其他區域。如果不趁這個機會抓住他，等他們人手聚齊了，我們還有機會嗎？」

「通往北方的路被魔物們阻斷了，聖騎士還要駐守聖城，我們沒那麼多兵力。」

「那就叫那些貴族出一些人手。」

「貴族們？他們可都是見風使舵的好手，這個時候不去拍薩蘭迪爾的馬屁已經算好的了。」

「梵恩城的法師呢？我們可以要求他們幫我們重新建造直通目的地的傳送陣。」

在這之中，又有人否決了這個提議。

「法師們比貴族更懂得判斷形勢，尤其現在貝利已經回到了梵恩城，我認為他們不會同意我們的要求。」

「那我們不還是有黑袍……」

「夠了。」眼見這些人越說越過火，差點就扯到不可公開的祕密上去，光明聖者終於發話，「關於薩蘭迪爾的事，殿下已經有了決斷。」

在場悄然無聲，光明聖者口中的殿下是誰，神殿內部的人們自然心知肚明。

「暫且不用去管薩蘭迪爾。」光明聖者說出了都伊的吩咐，「我們有其他任務需要潛心準備。」

神明如此決斷了，自然沒有人敢反駁。從始至終，伊馮一句話都沒說，直到最後散會，他隨著人群離開。

「伊馮騎士。」光明聖者叫住他，「殿下有事吩咐你。」

伊馮抬了抬眼皮，低頭應是。等他走到都伊所在的書房時，偉大的光明神正俯首閱卷。祂金色的長髮垂在書頁上，露出俊逸的側臉，有那麼一瞬間，伊馮不敢抬頭去看。

都伊卻直望向他。

『我要你送一樣東西去給薩蘭迪爾。』

神明不帶感情的聲音直接在伊馮腦中響起。

「是。何時？」

『現在。我將你送到離薩蘭迪爾最近的一處神殿，你去找他。』

作為神明，都伊當然有力量將自己的聖騎士送往任何一座自己的神殿，然而能將送人過去，不代表可以安全讓人回來。伊馮卻不置可否，他似乎不怎麼關心自己的命運。

「伊馮。」

萊德維西的聲音突然傳至耳邊，伊馮震了一震，抬頭望去，卻依舊只看見一雙冷寂的金色眼瞳。

那只是他的錯覺。

都伊將一個長條狀的包裹遞給他，視線又重新投回書頁上。

『去吧。』

伊馮離開後，都伊再次抬頭望著聖騎士剛剛站立的地方，露出有些嘲諷的笑容。很快，這細微的表情也消失不見。

伊馮是在第三天的中午，才抵達薩蘭迪爾所在的那座城市。都伊的確將他送到了離薩蘭迪爾最近的一座神殿，然而依舊要跨越一道山脈與十幾座被「魔癮」吞噬的城鎮，才能抵達這座唯一倖存的城市。

是的，只能用「倖存」這個詞來形容了。這一路上，伊馮目睹了無數傾倒在路邊的屍體，看見「魔癮」就像燎原之火一樣侵吞了一座又一座城市。然而，在這片荒原之上，竟還有一座城市頑強地堅持著。

這就是薩蘭迪爾所在的城市。因為有救世主大人的庇護，城內的人們還沒有因為絕望而喪失人性，也沒有為了爭取一線生機而互相掠奪，他們看到出現在城門口、渾身狼狽的伊馮時，甚至充滿同情。

「天啊，一個倖存者。」

「快去幫他請醫生！」

伊馮就這樣被熱情的市民們帶去了診所。他老實地扮演一個從「魔癮」中倖存的可憐人，不動聲色地打探著有關於薩蘭迪爾的情報。

「薩蘭迪爾大人？這幾天我都沒見到他。不過前幾日，他倒會帶著城防隊每天都出來巡邏。」

「聽說大人在和法師研究傳送陣。你看，我們也不能老是被困在這裡嘛。」

傳送陣？伊馮下意識地想，薩蘭迪爾試圖建立傳送陣是否有陰謀。可很快他又反應過來，他這次只是來當郵遞員的，並沒有關心薩蘭迪爾計畫的必要。

伊馮苦笑，都伊自己都不關心的事，需要別人操心嗎？

「我想要去見他。」伊馮看著周圍的好心人，「我有關於『魔癮』的重要情報要告訴薩蘭迪爾大人，想親自見他一面。」

聖騎士面不改色地說謊，配上他那英武誠懇的模樣，十分有說服力。很快，他就被熱心的人們帶去了能見到薩蘭迪爾的地方。

那是一座角鬥場。遠遠地，還能聽見裡面傳來呼喝聲，似乎是在訓練軍隊。伊馮下意識地又思考起薩蘭迪爾訓練軍隊的目的，他是要和神殿開戰？那麼自己完成了送信物的使命後，還有命回去嗎？

伊馮向前的步伐突然頓了頓，他終於後知後覺地懷疑起偉大的光明神是不是故意送他來赴死的。

「誰？」一道聲音從他身後傳來，「伊馮……隊長？」

伊馮聞聲望去，見到的是闊別多日的艾迪。聖騎士和曾經的聖騎士兩相對望，許久不曾有人言語。

「你為什麼在這裡？」

「你怎麼在這裡？」

然而兩人開口，說的卻是同一句話。

艾迪張了張嘴，在他開口回答前，一道龍炎已經代替他招呼向伊馮。伊馮原地一個翻滾，狼狽地躲開，雷德卻又一爪揮上去。

「雷德！」

哈尼從身後緊緊抱住他。

「不要在這裡變身啊！房子會被你震塌的！」

「放開我，我要殺了他！」雷德雙眼赤紅，「迪雷爾那個傢伙呢，那個叛徒沒有和你一起來嗎？」

看了這群人，伊馮似乎已經明白了自己的命運，他反而冷靜下來。

「他回龍島了。我們本來也只是合作關係，他沒必要一直跟著我。」

雷德咬牙切齒地看向他，看樣子要是沒有哈尼拉著，下一瞬他就會撲上去，將伊馮撕碎。直到這個時候，聽見動靜的瑟爾才姍姍來遲。

「艾迪、哈尼，你們終於到了。」他先是注意到風塵僕僕的年輕人們，才發現在場的不速之客，「……伊馮？」

「我來送一樣東西。」伊馮看向他，「祂讓我交給你。」

他將長條包裹遞給瑟爾，然後等著自己的結果。

「這是——」瑟爾打開看了一眼，神色複雜，「都伊讓你給我？」

布條被解開，一根有些眼熟的法杖顯露在眾人視線中，突然，一隻手從瑟爾身後將法杖取走。

「我想，」伯西恩說，「這是我的。」

遠在聖城，都伊若有所感，突然抬頭笑了笑，同時開口——

「這是我的法杖。」

伯西恩說。

兩雙金色的眼睛，兩個人，說出一模一樣的話。

光與暗之詩

DEAR MY THRANDUIL

CHAPTER SIXTY THREE

告白

這是伯西恩的法杖，瑟爾曾見他用過好幾次。在守衛白薔薇城的時候，法杖更是他不離身的武器。不過隨著伯西恩原本的肉身消散，法杖也跟著消失不見，沒想到現在又出現了。都伊特地派人把法杖送來，究竟有什麼意圖？

瑟爾有點不明白，伯西恩卻已經握起法杖，就像他過去無數次使用它時那樣。然而沒過一會，伯西卻將法杖交給了瑟爾。

「什麼意思？」瑟爾更糊塗了。

「交給你保管。」伯西恩說完這句話，臉色不是很好看，轉身就走了。

「你去哪裡？」瑟爾在他身後問。

「研究。」

伯西恩只回了他一個詞。最近，法師整天和黑人魚阿倫混在一起，研究如何遠距離大規模地施展傳送法術。可是為什麼不把法杖一起帶走呢？

瑟爾不太習慣地捏著手中的木頭棍子，心想，有法杖，做研究不是會更方便嗎？

「現在，我的任務完成了，你想怎麼處置我？」瑟爾身前的伊馮冷靜地提醒他。

「我要把你撕碎餵狗！」在幾公尺外，雷德青筋直暴地道。

伊馮聽見了，略嘲諷地勾起唇角。

「那麼，您呢，考慮好了嗎？薩蘭迪爾閣下，是要把我餵狗還是大卸八塊？」

瑟爾收起法杖，眼神複雜地看了伊馮一會。他們昔日一起騎馬離開伊蘭布林城，踏上旅途、尋找失蹤的紅龍時，可沒有想過會變成如今兵戎相見的局面。

「艾迪，拜託你了。」精靈看向前聖騎士，「把他帶到我房間，在我回來之前，不要讓任何人以及龍接近他。」

雷德不忿地吼了兩聲，艾迪苦笑地看了雷德一眼，「我盡力。」

「安置好他後，你們就到大廳來找我。」

吩咐完這些後，瑟爾還是放心不下伯西恩，轉身追了過去。只是他臨走前，還能聽見伊馮在他身後追問。

「為什麼不殺了我？」聖騎士聲音冷淡地道，「他把我送來，不就是要用我的性命來平息你們的怒火嗎？」

瑟爾回首看了表情冷淡的聖騎士一眼，卻彷彿透過他，看見了那一個心思叵測的神明。

「那我為什麼要如祂所願？」

留下這句話和呆愣在原地的聖騎士，瑟爾追上了伯西恩。

法師走得並不快，長袍在他腳踝處輕輕擺動，似乎就是在等瑟爾追上來。

瑟爾看著他，有些無奈道：「為什麼不要法杖？」

伯西恩徑直往前走，似乎根本沒有聽見瑟爾的提問，也不在意身邊多了一個人。

「……是因為你無法使用它嗎？」

伯西恩腳步頓了頓，用有些意外又受傷的目光看向瑟爾。

瑟爾心下一跳，他第一次在伯西恩．奧利維身上看到如此純粹的情緒，這讓他忍不住為自己直白的言辭懊悔起來。然而不等他挽回些什麼，伯西恩已經開口：

「我無法使用法杖。」伯西恩坦承，「所以不是你想找的『伯西恩．奧利維』。」

他說完這句話就屏住呼吸，好像在等待瑟爾的審判。那審判的結果，將決定他是否會墮入地獄。

瑟爾哭笑不得，「難道憑一根木頭就能決定你的靈魂？」

「我沒有原本的記憶，不記得自己的名字。」伯西恩繼續說，「長得也和以前不同，還知道一些『伯西恩．奧利維』不該知道的事情。這些都是證明我不是『他』的證據。」

瑟爾看他說得越來越嚴肅，也收起嘴角的笑意。

「那你覺得你是誰？」

伯西恩抬了抬嘴角，不說話。

「你覺得你是都伊。」瑟爾索性替他說了出來，「是不是？」

「如果我是呢？」伯西恩冷淡地反問。

「如果你是都伊，那可就輕鬆了。我可以讓你乖乖聽我擺布，也可以讓你停下所謂推翻以利的計謀，也就沒有必要為這一堆瑣事煩心了。」

伯西恩露出一個意料之外的表情，在他重生後好似雕塑的臉上，這表情顯得有些可笑。那像是在說，原來還有這一招，使瑟爾又忍不住笑了出來。

「你剛才根本就沒想過要拒絕我那些要求，是不是？所以你不是都伊。光明神絕不會因為我而停下祂的計畫，祂更想利用我，而你永遠都想幫助我。」精靈柔聲說，「所以沒關係，伯西恩。即便沒有了記憶、改變了模樣，你還是你。」

伯西恩看著精靈唯獨對自己露出的溫柔表情，心弦因為某種情緒而微微蕩漾。過了好一會，瑟爾聽見他道：「我想，我不是什麼都忘記了，我還記得一件事。」

法師突然伸出手撩起瑟爾的一縷短髮，金色的眼睛直直望進他心裡。瑟爾升起了某種預感，血液加速竄過心臟，使它飛快跳動起來。他聽見法師低聲道：

「我記得，我是喜歡你的。」

匡啷！盆子摔碎在地上，兩人齊齊回頭，就看見阿倫站在摔碎的花盆前憤怒又傷心地看著他們。法師看著人魚，挑挑眉毛，故意當著他的面對瑟爾又重複了一遍。

「我喜歡你。」

瑟爾：「……」

這點真的是「原汁原味」的伯西恩。

黑人魚見瑟爾沒有拒絕，又看見伯西恩「囂張」的表情，突然捧著臉「哇哇」地傷心跑了出去。

「你怎麼出來了？」

外面傳來年輕人們的聲音。

「雷德，攔住他！別讓他跑了，他嘰哩咕嚕地在說什麼呢。」是艾迪的聲音。

「真麻煩，這傢伙吵死了，他說……什麼！那個臭屁法師對薩蘭迪爾告白了？」

哈尼驚呼：「你說什麼？」

「伯西恩跟薩蘭迪爾告白了，這人魚說他失戀了。」雷德的聲音突然變得幸災樂禍，「看來波利斯那傢伙也要失戀了。」

紅龍少年對所有比他強壯又愛炫耀的壯年男性總是有些感冒。

哈尼急匆匆道：「你小聲點！雖然不知道究竟是怎麼回事，但這個消息我們還是先保密吧。」

伊馮的聲音突然插進來。

「我身上有都伊的聖痕，神殿可以監聽你們的對話。」聖騎士說，「我想，你們應該不用保密了。」

瑟爾眼看就這麼一下子，伯西恩對自己的告白就被宣揚得近乎人盡皆知，連敵方大本營都知道了。他轉頭看去，正好看見伯西恩嘴角來不及收回的一絲得意笑容。

「你是不是故意的？」瑟爾咬牙切齒道。

伯西恩瞬間收起笑意，恢復冷漠，似乎忘了自己是個剛表白過的人。

「我回實驗室了。」法師看似冷靜地說，「記得在那人魚哭完後，把他抓回來給我做研究。」

伯西恩說，他喜歡我？瑟爾看著這個人欠揍的背影，心想，與其相信伯西恩會喜歡自己，還不如相信都伊會改過自新，世界和平。

當天下午，瑟爾就收到了波利斯派來的天馬騎士的緊急詢問。

「聽說伯西恩法師向您求婚了，殿下，我們將軍十分關心您的答覆。」信使天馬騎士傳達完波利斯的話後，又誠懇地說，「考慮到南方局勢的穩定性，我建議您不要答應這次求婚，否則我怕將軍一時氣憤，會做出不理智的事。」

瑟爾已經學會淡定了。

「告訴他。有時間關心八卦，還不如儘快將南方的局勢穩定下來。」

「好的。」天馬騎士金謹遵吩咐，「呃，我應該會直接回風起城，聽說艾斯特斯殿下現在也在那裡。殿下，如果你們要舉行婚禮，需要我通知艾斯特斯殿下一聲嗎？」

「謝謝，我一百年內都還沒有成家的打算。」瑟爾皮笑肉不笑地打發走信使後，看向身後努力憋笑的年輕人們。

其中，哈尼一臉認真道：「我們應該澄清這個誤會。伯西恩法師只是告白，還沒有求婚。」

瑟爾頭痛地揉了揉太陽穴，放棄糾正哈尼。這兩者的輿論效果其實差別不大。

「波利斯已經在路上。」他談起正事，「他會帶一批深淵精靈一起回去，再加上原本的人手，應該能幫助他儘快掌控南方。」

年輕人們收起嬉笑的表情。

艾迪正色道：「即便一切順利，我們下一步該怎麼做？」

南方聯盟多年來四分五裂，各自為政，波利斯即便能整合統一南方，又要如何面對整個北方的光明神殿勢力？如何面對愈演愈烈的「魔癮」？到時雙方若真的開戰，那就是生靈塗炭，十不存一。

「我們不會光明神殿正面對戰。」瑟爾說，「我要讓北方從內部瓦解。」

內部瓦解？這個時候，還沒有人明白瑟爾這句話的意思。

「不過在那之前。」瑟爾暫時不打算細說計畫，而是道，「我們還有別的事要做。再不遏制『魔癮』，就要來不及了。」

他想起了在沉沒大陸遇見的利維坦和神祕黑影，認為惡魔們或許是比都伊更難對付的對手。

正巧，都伊也是這麼想的。

光與暗之詩

DEAR MY THRANDUIL

CHAPTER SIXTY FOUR

心軟

黑夜在蠢蠢欲動，它們如影隨形，甚至隱遁在空氣之中。

空氣裡可以嗅到腐敗的味道，那是腐爛的樹根、發霉的食物還有屍體混淆在一起的味道。它由死去的生命們聚集而成，如今也成了侵蝕生命的毒氣。

伊馮用光元素驅散眼前的一片瘴氣，這才面無表情地對身後人道：「好了。」

「謝謝。」哈尼感激道，「要是艾迪還可以使用光元素，就不用一直讓你一個人開路了。」

站在他身旁的羅妮，忍不住優雅地翻了一個白眼。她弟弟總是喜歡說廢話，要是艾迪還保有聖騎士的能力，他們冒險帶一個俘虜出來完成任務要做什麼呢？

伊馮卻一本正經地回答哈尼：「不用客氣。」

這個俘虜，到這個時候了還沒意識到自己的身分呢！

羅妮決定不理會這兩個假惺惺的傢伙，「前面就是『魔癮』最初傳播的村子了。這裡已經很靠近深淵了，不會有惡魔出現嗎？」

「不會。」伊馮解釋道，「這裡曾是都伊『神臨』之地，雖然『神臨』最終失敗了，但是光元素還依稀留存著，惡魔們不會喜歡留在這裡的。」

「為什麼我們走這麼慢？」雷德忍不住暴躁，「薩蘭迪爾和法師都直接傳送到前面了，我們卻還要慢慢步行！」

哈尼連忙勸他，「那是因為……」

沒等他說完，紅龍少年露出一副「隨你怎麼解釋，反正我不聽，我現在就要飛過去」的表情，哈尼只能向自己的姊姊求援。艾迪留在那座倖存的小城裡指導巡邏隊員們武藝，沒有艾迪配合，雷德要是在這時鬧脾氣，哈尼一個人可制止不了他。

羅妮可不想管這種麻煩事，她無視了弟弟的求助。

「如果我沒記錯的話，在白薔薇城的時候，你已經和他締結了一次契約。如果你實在不希望他做一件事，可以和他協商，畢竟你可以算是他靈魂的另一半，龍騎士。」

哈尼目瞪口呆地看著說出這一番話的伊馮。

「龍……龍，你剛才叫我什麼！」他偷偷看著雷德，實在怕紅龍少年聽見這一句話後暴跳如雷。哈尼委婉道，「那次只是為了幫助薩蘭迪爾大人，我並沒有和雷德締結過什麼契約，你誤會了。」

「是嗎？你再仔細想想。」伊馮專注地看著他，「他是不是對你發出了邀請？」

「邀請？」哈尼回憶，「雷德要求我一起幫忙，送瞬移卷軸去給薩蘭迪爾大人。」

「怎麼送？」

「他要我坐上他的背。」哈尼恍然大悟，嘴巴越張越大，「不，該不會——」

伊馮簡直對這個少年的遲鈍和好運感到欽佩，「一頭巨龍親自邀請你坐在牠的背上。對那麼傲慢的生物來說，你覺得他們會允許別人騎在自己身上嗎？就連迪雷爾，每次都只是把我撈在龍爪裡而已（說實話，那滋味並不好受）。」

「但是，我沒想過……」

伊馮有些厭煩少年的脾氣了。

「在白薔薇城，你沒想過，但是你奪走了你姊姊的繼承權；現在，你也沒想過，但是，你成了數百年來第一位龍騎士。」他露出有些譏諷的笑容，「以利還真是眷顧你這樣的人，因為『你什麼都沒想』。」

不像他們，越想獲得，越容易失去。

伊馮想起了什麼，不自覺地握緊了拳頭，身上散發出凌冽的殺氣。

本來走在前面，假裝沒聽見他們對話的雷德一顫，回過頭來。

「你幹什麼，混蛋！想要攻擊我的僕人嗎！」

這一聲龍吼，十里範圍內都聽得清清楚楚。瑟爾正打算推開一扇破舊門扉，動作也因此停頓了一瞬，他忍不住想要回頭看，伯西恩卻從他身旁走過。

「年輕人的打鬧而已。」法師說，「不要停下你手中的正事，精靈。」

他先一步進屋，手裡拿著一個透明的玻璃小瓶子，另一隻手拿著一個毛刷，從屋內唯一一張床上將可疑的黑色物質掃進瓶子裡。

法師這一身科學怪人的模樣，讓瑟爾張口結舌。

「愣著幹什麼？」伯西恩抬頭看他一眼，輕輕蹙眉，「關門，不要讓風吹進來。我需要收集這份樣本。」

瑟爾在他不耐煩的眼神下匆匆關上門，同時在心裡腹誹：這傢伙絕對不喜歡我！

哪有人會這樣和喜歡的人說話的？

「你說這些是樣本？」做好這些心理建設後，瑟爾走近伯西恩，仔細觀察他手裡的動作，「這可以幫助我們分析那些人為什麼會感染『魔癮』嗎？」

「你別靠太近。」伯西恩突然蹙眉。

「抱歉。」瑟爾後退幾步，「我遮住光線了嗎？」

「不，是你靠得太近，我會緊張。」伯西恩飛速收拾好樣本，不輕不重地飄出一句話，「和心上人親密接觸會影響我的工作效率。」

他抬頭看見瑟爾難得張著嘴的傻愣模樣，忍不住皺眉。

「你不相信，我喜歡你。」

他究竟在說什麼？瑟爾感覺血液湧上耳膜。他是在質問我不相信他？還是藉機又對我表白了一次？天啊，這斷句太折磨人了！等等，為什麼被折磨的是我？難道被告白的人不是我嗎？該忐忑不安地等待回覆的不該是他嗎？

兩輩子加起來活了將近四百年的瑟爾，第一次遇到感情相關的問題，此時大腦已經有些無法運轉了。他過了好久，才艱難地找回自己的聲音。

「你……伯西恩。你真的沒有找回自己的記憶？」

「沒有。」伯西恩疑惑地看著他，「請不要說些無關緊要的話。」

這是嫌瑟爾在說廢話了。好吧，瑟爾被嗆了一次後終於承認，無論有沒有記憶，毒舌依舊是伯西恩永恆不變的屬性。

「那這些樣品……」

——啊啊啊噠噠！砰！

他正想轉移話題，和伯西恩討論些別的什麼，外面卻傳來一連串奇怪的聲響。精靈和法師對看一眼，彼此都有些毛骨悚然，這裡除了他們，現在不應該有別的活物才對——不，還有一個。

「那隻人魚。」伯西恩的眉心皺成川字，「你把他放在哪裡？」

「我把他放在村口的噴泉裡了。」瑟爾一邊說一邊跟著伯西恩跑出去，「這裡應該沒有別人。」

村子並不大，他們很快就見到了噪音的起源。噴泉裡，黑人魚正一臉痛苦地揪著自己的尾巴，而在他身後，一個像是哥布林的小怪物正在撕咬他的尾巴。

「瑟爾，瑟爾。」

看見瑟爾，阿倫露出求救的目光，可憐兮兮地從小怪物嘴裡拯救自己的尾巴。

瑟爾哭笑不得，上前將阿倫從噴泉裡撈出來，順便抖落掛在他尾巴上的不明生物。他調笑阿倫道：「你和波利斯他們作對的時候不是很厲害，速度很快嗎？為什麼連這個小傢伙都躲不過？」

「瑟爾。」伯西恩突然從旁出聲，「這不是怪物。」他指著被瑟爾甩開，正落在不遠處掙扎的那個毛茸茸小傢伙，「他是人，是這個村子裡的孩子。」

啪噠，阿倫的尾巴在水池裡甩了一下水花。他又被瑟爾遺忘了，因此有些不滿。

而瑟爾，此時正不敢置信地看著法師。

「這裡是第一個爆發『魔癮』的村子，不可能有活人了。」瑟爾聽見自己的聲音沙啞乾澀，「如果你是沒分清魔物和人類的區別……」

伯西恩不耐煩地打斷他。

「魔物，那只是人們對被惡魔氣息感染，失去理智的人類的稱呼。那些被魔化後失去理性和意識，只想撕咬同類的傢伙，你的確可以用『魔物』這個詞來稱呼他們，但是這個小傢伙──」伯西恩指了指面前蜷縮在地上瑟瑟發抖的小怪物，「他害怕你，聽得懂我們說的話。」

瑟爾的嘴巴張了張，發不出聲音，一種絕望陡然占領了他的全部心神。如果，如果這些被魔化的人一部分還是有自我意識，那他之前為了保護別人而殺了那麼多「怪物」，究竟是在做什麼！

†††

「這裡就是他住了一百五十年的住處？」

都伊的手指輕輕敲擊著門扉，光明聖者就在他身後恭敬地站著。

「真是簡陋。」

光明聖者揣測著說：「我邀請了幾次，瑟爾叔叔……薩蘭迪爾一直不願意搬到更合適的住處。他有時候還會自願替神殿做一些事，稱是租金。」

「他比你們強大，又是以利的聖騎士。在我不在時，他本可以強占這座神殿。」都伊像是覺得有些好笑，他在石屋外的花園裡張望著，似乎可以透過這些草木，看見曾經居住在這裡的精靈的身影。

光明神發出一聲喟嘆，像是有一絲恨其不爭，「他太心軟了。」

光明聖者不敢回答。都伊對薩蘭迪爾究竟是什麼心思，沒有人敢揣測。

過了好久，他聽見神明問：「我們派出去的騎士到哪裡了？」

「已經快接近『初始之村』了。」光明聖者畢恭畢敬地回答，「到了那裡，也許我們可以調查清楚『魔癮』爆發的原因。」

光明神殿雖然和利維坦聯手騙了薩蘭迪爾，不過他們可也沒想到「魔癮」會擴散得這麼快。光明聖者為此焦頭爛額，這一次都伊命人去「初始之村」，他以為神明是想幫助他們徹底解決這個問題。

「沒有必要，讓他們直接燒了那座村子。」都伊卻說，「從今以後，將所有和惡魔接觸過的人和物，以及感染了『魔癮』的人，全部燒光。」

光與暗之詩

DEAR MY THRANDUIL

CHAPTER SIXTY FIVE

初始

阿倫無聊地用尾巴掃著噴泉裡的水，又看了一眼坐在泉水旁的瑟爾。精靈低著頭，銀髮被風吹動著從額前滑過，輕拂過他緊抿的唇畔，那張精緻的容顏此時因為神情肅穆而顯得僵硬，然而依舊無損它在阿倫心中的美貌。人魚試圖拍著尾巴湊上前，安慰似乎心情不好的精靈，但他還沒在泉水裡打出水漂就被人干擾了。

伯西恩跨過噴泉，面不改色地從某條人魚腦袋上踩了過去。

「我做了檢查，是個男孩，十一歲。」法師說，「他能聽懂我們的語言，也保留了對強者的畏懼，說明即便感染了『魔癮』，魔化後的他還是保有部分神志。」

「……所有魔化後的人都會像這樣嗎？」

「這個機率其實很小。」法師說。

「你別騙我了！」瑟爾有些激動，「一個不滿十一歲的孩子都能在被魔化後保留自己的神志，那其他人呢？那些被感染的成年人，那些被感染的職業者呢？他們是不是根本就沒有喪失理智，只是因為外貌醜陋就被我們當成了怪物！一直以來，我根本是在殺人——」

啪！

瑟爾捂著被一巴掌打腫的臉龐，不敢置信地看向法師。

「你竟然——！」

「『我竟然打了你』？還是你想說，連精靈王都沒打過你？」伯西恩收回手，等著瑟爾的反應。

「……他倒是經常打，只是沒打臉。」瑟爾很快反應過來，「但你為何打我！」

「看你鑽牛角尖，讓你冷靜一下。」

「這裡就有噴泉，你完全可以用水澆醒我！」

伯西恩看了一眼噴泉裡還被他踩著尾巴的人魚。

「是嗎？不好意思，也許下一次你可以提醒我。」

你還想要有下一次？

瑟爾惱怒地瞪著伯西恩，不過拜法師所賜，他的腦袋多少也冷靜了一點。瑟爾深吸一口氣，「我、我只是無法接受自己有可能殺了很多普通人。」

「他們不是普通人。即便感染『魔癮』的人一開始還保有部分神志，但隨著情況惡化，早晚會變成真正的怪物。你如果不殺了他們，只會讓他們屠戮更多無辜的人。從概率上來說，你做的並沒有錯。」伯西恩冷靜道，「我保證，像那個男孩一樣保留了大多數神志的『魔癮』感染者，不到萬分之一。」

瑟爾苦笑，想說那也是萬分之一啊。不過他知道過度自怨自艾沒有用，最後只用力抹了一把臉，隨即問法師：

「那麼，你還查到什麼了？那個男孩為什麼能免疫，他是怎麼保存神志的？我們能透過他，查出避免被『魔癮』傳染的方法嗎？」

伯西恩臉上露出讚許的神情，像是在感嘆瑟爾總算沒有丟失全部的智商。最近他的表情也變得越來越多了。

「時間不夠。」他說，「不過有了這一個樣本，我就能查出更多東西。不過我懷疑不僅是他，這附近還有——」

伯西恩的這句話還沒說完就趔趄了一下，腳下的土地傳來劇烈的震動，附近的房屋上不斷有磚瓦下墜。

瑟爾一把扶住法師，看向村子後面的樹林——震動是從那裡傳來的。

雷德他們遇到意外了！

「我就說一定是這個傢伙搞鬼！」紅龍少年狠狠對伊馮咬牙，「都是他通風報信！」

「團長，您沒事吧？」

聖騎士們圍住伊馮，解開他身上的鎖鏈，憤怒道：「他們怎麼能這麼對你！」

兩幫人互相對峙，顯然恨不得將對方生吞活剝了。

伊馮活動了一下手腕，實際上，在樹林裡偶遇這支聖騎士小隊也在他意料之外。薩蘭迪爾早在出發時，就抹去了他身上的聖印，否則不會這麼放心地將他丟給雷德他們。然而即便如此，他們還是和聖騎士小隊在這處偏僻的林子裡相遇了，就連伊馮自己也不相信這是巧合。

「是聖者大人派我們來的。」一名聖騎士說，「我們直接透過神殿傳送過來，領命祛除這裡的邪惡。」

「你們怎麼找到這裡的？」伊馮有一絲懷疑。就連薩蘭迪爾也花費了好一段時間，才探明「魔癮」最初感染的村子地點，聖騎士們怎麼會來得這麼及時？

「多虧了您。」聖騎士對伊馮說，「聖者說您身上有都伊的記號，只要有記號在，我們就能找到您。」

伊馮臉上現出愕然，「可是聖印早已經被……」

隨即他明白了，都伊若真的想在他身上留下記號的話，聖印只不過是掩人耳目的擋箭牌罷了。現在想想，從他被派來送法杖給薩蘭迪爾起，就是計畫開始的時候。

都伊料到了薩蘭迪爾不會為難他，料到了薩蘭迪爾會優秀地對付「魔癮」，甚至料到了薩蘭迪爾會帶他一起來，就連伯西恩收到法杖後的反應都盡在都伊的掌控中。

伊馮心裡升起一絲恐懼，光明神究竟對薩蘭迪爾掌握了多少？可是，都伊的目的是什麼，真的是為了祛除這裡的邪惡嗎？

「你們竟然無視我！」

雷德忍無可忍，終於克制不住化為龍，巨爪向聖騎士們狠狠碾去。

瑟爾和伯西恩在村子裡聽見的動靜，就是巨龍雷德鬧出來的地震。

「有人來了。」瑟爾說，「你帶著阿倫和那個孩子離開這裡，我去找雷德他們。」

誰知，伯西恩卻一把拉住了他。

「不用去了。」法師靜靜說，「人已經到了。」

瑟爾詫異地看向他，「你說——」

「真是意外，沒想到你會比薩蘭迪爾殿下更早發現我。」一個帶著笑意的聲音從身後傳來，「該說真不愧我們作為合作伙伴，共事了好幾個月嗎，伯西恩．奧利維？」

利維坦從空氣中凝聚出身形，在他身後是隱隱綽綽的惡魔氣息。

「利維坦！」瑟爾驚怒，隨即咬牙切齒，「你竟然還敢出現在這裡！」

「真可怕。」利維坦微笑道，「有空去想要怎麼處置我，不如擔心自己和你的同伴們如何？他們現在的處境可不怎麼好呢。」

瑟爾緊咬牙齒，「外面的動靜是你弄出來的？」

「可真是高估我了。」利維坦聳了聳肩，「說實話，要不是被你們查到了這一步，我也不會這麼快就被大人派來收拾爛攤子。這次竟然連聖騎士團都派過來了，那位光輝偉大的閣下可真是喜歡賣弄大手筆啊。」

他說著，左手一揚，將被放置在廢棄小屋裡的魔化小男孩抓在手裡。

「這東西我就帶回去了，後會有期。」

「站住！」瑟爾拔出長劍，「你以為我會讓你把他帶走？」

「哦？那你想要用什麼把我留下來呢，以利的神力嗎？」利維坦有些嘲諷地看著他，「您有沒有想過，這個世界本來就由神明的力量構成。而現在，都伊要謀反，以利自顧不暇，神明的力量已經幾乎無法支撐這個世界，如果你繼續消耗以利的神力，這個世界會如何崩壞？」

瑟爾一愣，握著長劍的手不由得停頓了一下。

「而不能使用神力的你，又有什麼資格留我下來！」利維坦哈哈大笑，身後的惡魔氣息凝聚成黑霧，刮過瑟爾的臉龐，劃出一道血絲，「你憑什麼戰勝我，薩蘭迪爾！憑你高貴的出身嗎？憑你僥倖得到以利青睞？還是憑你自己！」

瑟爾握著長劍動也不動，而利維坦刮出來的黑霧在他身上留下一道道血痕。

「你怎麼沒有那日在風起城的威風了？你怎麼不躲啊！」利維坦報了一箭之仇，心裡快活多了。他定睛看去，不由得嘲笑，「這個時候還想要保護無關緊要的人，你以為在那裡當擋箭牌，我就不能傷到你身後那個醜陋的人魚了嗎？」

一道道黑霧從各種刁鑽的角落襲向阿倫。

「來啊！使用以利的神力啊！來回擊我啊！怎麼了，薩蘭迪爾？不能使用神力的你就是個廢物嗎？被人扯了後腿，你就無計可施了嗎？哈哈哈哈！」

利維坦的笑聲裡充滿譏嘲和癲狂。瑟爾可以感覺到，自從在深淵重逢後，利維坦改變的不僅是力量，還有他的性格。這個惡魔混血變得更加偏激和狂躁了！

「嗚嗚。」阿倫在瑟爾身後，緊緊抓住瑟爾的衣袖，眼中噙滿淚花。

他知道如果不是自己在這裡扯了後腿，瑟爾不至於如此被動。阿倫想要使用傳送能力帶著瑟爾一起離開，卻發現能力無法使用。人魚急得直甩尾巴，甚至把自己的手指摳出了血都徒勞無功。他的能力被限制了，因為這裡是神明的領域。

利維坦身上有深淵之主——惡神的氣息。現在在蹂躪瑟爾的，究竟是惡魔混血利維坦還是藉由利維坦的手施暴的惡神，已經無法令人分清了。

最後，瑟爾身上幾乎血淋淋一片，利維坦的語氣變得複雜起來。

「你既要保護別人，又不願使用以利的神力使世界加速崩壞。薩蘭迪爾，這麼優柔寡斷的你，命運早已註定了。」

聖騎士們在樹林裡和紅龍對峙，波利斯和精靈們遠在千里之外，此時沒有人能來出手相助。

利維坦對瑟爾說：「就讓我徹底了斷你的性命吧！」

瑟爾忍不住握緊劍，等待更強烈的攻擊。就在這一刻，他們聽到有人輕輕一咳。精靈和惡魔同時望去，只見伯西恩站在法陣之上，對他們微微一笑，落下了最後一筆。

「可是這裡還有一個人。」

法陣發出耀眼的藍光，汲取自魔網的力量在簡陋的線條裡跳躍。旋風掀起了伯西恩的瀏海，露出他那雙金色的眼眸。

「伯西恩．奧利維！」

利維坦狠狠喊著這個人的名字，試圖打斷伯西恩的施法。然而他每走一步，腳下就有一道裂紋裂開，那道裂紋順著大地蔓延到他身上，讓惡魔混血不敢再輕易向前。

「伯西恩？」瑟爾注意到法師蒼白的臉色，「快停下來！你的身體承受不住了！」

伯西恩的確有些不堪重負，法陣以他的身體為媒介，從魔網源源不斷地汲取力量，那些強大的力量每一次通過他的身體，他的經脈就要撕裂重組一次。法師承受著常人難以想像的痛苦，卻似乎不以為意。

「沒錯，放棄吧！」利維坦也叫囂，「在殺死我前，你會早我一步被力量震碎！」

惡魔混血被法陣困住，正進退兩難，此時巴不得伯西恩主動放棄。

「我好像回想起了一些過去。」這時，只聽見伯西恩輕聲說，「我最討厭的一件事就是被人說我做不到。」

說著，他右手往地下用力一劃，將法陣添上最後一筆，為陣型落下完美的收尾。一時間光芒大盛，充斥著排斥力量的法陣之中混雜著伯西恩身體內的光元素，這讓利維坦猶如被陽光照耀到的陰影一樣，哀嚎著退去。

瑟爾趁此機會上前奪回被利維坦抓走的魔化男孩，可在救走男孩的一瞬間，精靈對上惡魔混血妖異的眼眸。那一刻，他彷彿聽見利維坦在譏笑——你以為你贏了嗎？

不甘的利維坦，最終還是被伯西恩的法術驅逐。狂風逐漸消散，空氣中的力量也漸漸隱去，瑟爾看向伯西恩，眼中卻第一次浮現懷疑的神色。

法師此時恰好也收回單手撐地的右手，他回望著精靈的銀眸。

「你想說什麼？」

「沒有。」瑟爾收起心思，轉身看向黑人魚，「阿倫，現在你能使用能力了嗎？」

人魚感受了一下周圍的力量，利維坦現身時的阻滯感已經消失了，他點點頭。

瑟爾於是把男孩交給他。

「帶他安全的地方，在他醒來之前來找我。你能找到我的，對嗎？」

阿倫連連點頭。

在他們離開之前，伯西恩看了黑人魚和魔化男孩一眼，隨口說：「利維坦想帶走這個魔化的半成品，恐怕這個男孩身上有他們不願意洩露的祕密。」

瑟爾沒有回答他，只是往雷德他們弄出動靜的那個方向走去。

「如果你把他交給我，我可以很快就找出這個祕密。」

瑟爾還是沒有回答。

伯西恩繼續說：「也許都伊也在探究這個祕密。」

「你什麼時候變得這麼囉嗦了？」瑟爾終於停下腳步，看向伯西恩，「以前你可沒有這麼多話。」

伯西恩臉上的表情變了。

「是嗎？」他拉下嘴角，「可是我已經不記得以前，也不是以前的『我』了。」

瑟爾頓時意識到自己說錯了話，他張了張嘴，最後收回想說的話，只沉默地走在前方。伯西恩跟在他身後，看著他的背影，眼神有些黯淡。

瑟爾去找雷德他們，卻沒有找到人，紅龍少年變成龍大鬧一場的痕跡還在，卻不見蹤影。不僅是雷德他們，就連和他們作戰的敵人也不見了。

這一切太奇怪，簡直就像回到了波利斯他們失蹤的那次。可是瑟爾敢肯定，目前地面上除了阿倫以外，絕對不會再有第二隻擁有群體傳送能力的娜迦。瑟爾不由得猜想在他們剛才和利維坦周旋的那一段時間，這裡發生了什麼？

瑟爾想要繼續深入林子裡一探究竟，卻突然停下腳步。伯西恩站在他身後，蹲下身摸了摸有些翻起的土地。

「這裡……」

他話還沒說完，腳下的土地突然像翻滾的海面一樣掀起了波瀾，兩人連反應的時間都沒有，瞬間就被吞噬進泥土裡。地面上又恢復了平靜，除了有些微起伏的泥土，幾乎看不出任何這裡曾經有人的跡象。

「抓到了？」

「抓到了，這次是兩個。」

瑟爾感覺有人在耳邊說話，他們似乎是在地底，視線非常不好，觸覺卻十分靈敏。他動了一下手指，隨即感到手指被人握住。對方手心的溫度偏低，卻牢牢抓住他，不讓他動彈。

「和之前那一批關一起。」

黑暗中有人在交談。

「逃走的那幾個抓到了嗎？絕對不能讓他們把村子的祕密洩露出去。」

村子？瑟爾敏銳地抓到這個詞。這些在地下設陷阱的人，是住在村子裡的人嗎？可這個村子不是早就因為「魔癮」而荒廢了，怎麼可能還有正常人。

他隨即意識到一個可能，在那個念頭逐漸變清晰的同時，手心也越加發亮。

就在這時，他的手又被用力握了一下。瑟爾回過神來，注意到他們似乎已經被人轉移了地方，不再在潮濕的地下穴道裡，而是換了一個寬闊的空間。周圍似乎有很多人，他們小聲交談，沒有和身為「俘虜」的瑟爾他們隔開太多的距離。

瑟爾沒有選擇睜開眼睛，從發現叢林的不對勁，決定將計就計的那一刻起，他就打算要試探出這個村子的祕密。就在這個時候，他聽見了雷德的聲音。

「放開我！你們這些傢伙，信不信我一口把你們都吞了！」

雷德的聲音依舊充滿活力，這讓瑟爾鬆了一口氣。不過他周圍的那些地穴人（姑且這麼稱呼設下地下陷阱的這一批人）卻因為紅龍少年的這一句話而慌亂起來。

「如果你能吞下我們的話，就隨意吧。」一個蒼老的聲音傳來，「前提是你能吞下我們這些怪物。」

嘩啦一聲，似乎是火把被點亮的聲音。

「魔物？」艾迪驚訝的聲音傳來，「我們這是到了魔物的老巢嗎！」

那個領頭的老人聲音依舊清晰，「你們是到了地獄，而我們是在地獄裡掙扎求生的魔鬼，年輕人。」

哈尼深吸一口氣，睜大眼睛看著眼前這些「怪物」。他們都有感染「魔癮」後標準異化的容貌，卻像普通人一樣交談著，感覺就像在看一頭野獸說人話，十分古怪。

羅妮卻還能冷靜思考。

「你們是住在村子裡的人。」少女說，「你們感染了『魔癮』，卻幸運地保留著理智。」

「幸運？」開口的老人苦笑。他有著綠色的皮膚，眼眶裡不斷流出黏稠的液體，牙齒凸出，模樣可怕。老人指著自己，「讓我們失去了人的樣貌，變成野獸的模樣，卻還保留著神智；讓我們渴望血肉，變成野獸的腸胃，卻還存有理性。這人不人鬼不鬼的模樣，妳說這是幸運！」

他身後的魔化人們發出悲鳴。

「我們卻認為這是神明的懲罰！」

羅妮沉默不語。過了半晌，她問：「你們準備怎麼處置我們？」

說實話，這些魔化人全部加起來也不可能是雷德一隻龍的對手。然而，他們此時被困住了，不僅是因為陷阱，也是因為魔化人使用了某種特殊的方法，暫時封住了他們的力量。如果羅妮也曾跟著他們一起去過沉沒大陸的話，就會對這個情形異常熟悉，因為當時波利斯他們在沉沒大陸時也是如此，無法使用能力。

「不是我們想怎麼處置你們，是你們闖了進來，年輕人。」老魔化人說，「我們不希望村子的祕密被洩露出去，如果你們不想死，就一輩子待在這裡吧。」

「開什麼玩笑！」雷德忍不住，「我還沒有向那個虛偽的聖騎士和叛徒迪雷爾報仇！你們休想把我們關在這裡！」

因為他的這一句話，原本有些平緩下來的氣氛再次劍拔弩張起來。

老魔化人說：「那我們只能採取特殊手段了。雖然我們只是等死的骷髏，但就算是骷髏也不願意輕易放棄自己的性命啊。」魔化人們舉起了火把。

「等等！我們對你們沒有敵意，正好相反——」哈尼開口，試圖說服老魔人，「也許我們可以合作。」

瑟爾終於明白了。那個魔化男孩不是特殊的，眼前這些生活在地下的魔化人都沒有喪失理智！這些魔化人們保留著原來的神志，模樣卻變了，這和沉沒大陸裡異變的深淵精靈以及娜迦們似乎有異曲同工之妙。如果能弄清這其中的緣由，也許就可以找出深淵的祕密，弄清楚「魔癮」傳播的原理。

如果伯西恩能夠研究出結果，他們甚至能救這些可憐的魔化人。就像哈尼說的，他們可以和這些魔人合作！想到此，瑟爾忍不住睜開眼睛，他想要看一看那個老魔化人的模樣。可就在這一瞬，他聽見身邊人輕輕一嘆。

「你不該睜眼。」伯西恩金色的眼睛望向瑟爾，「祂來了。」

「什麼？」瑟爾反問，卻看到金色從伯西恩的瞳孔深處蔓延開來。

驟然，一種恐懼襲上心頭。

『靈魂。』

伯西恩的身體在黑暗中微微發光。

『信仰。』

樹林之外，地面之上，聖騎士們虔誠地跪在地上，念著主神的真名。

『羈絆。』

瑟爾的容貌倒映在伯西恩金色的瞳孔中。

『地點。』

魔化人們的聚居地暴露在瑟爾的視野內。

遙遙千里之外，都伊躺在石臺上閉上了眼睛。當祂再次睜開眼，望著近在咫尺，神情錯愕的瑟爾，都伊輕聲道：「他說的對，你不該睜眼。」

語畢，都伊抬起右手，對不遠處的魔化人施展毀滅的神術。

「不——！」

光與暗之詩

DEAR MY THRANDUIL

CHAPTER SIXTY SIX

希望

「你不該睜開眼睛。」

瑟爾從沒有如此後悔過沒更早意會到這句話的含義。

他看見了都伊手中釋放出的神力，看見了老魔人因詫異而微微睜大的眼睛，看見他舉起雙手試圖阻擋太過刺眼的光芒，卻無法反抗地被光芒吞噬。他看見那些容貌醜陋的魔人們發出短促的哀嚎，他們甚至來不及擁抱彼此最後一次，就全化作了砂礫，消失在聖潔的光芒中。

光明消滅了黑暗，多麼偉大。

「你……」即便是剛剛還打算對魔人們出手的雷德，也因此錯愕，「法師？不，你是誰？」

紅龍少年敏銳地察覺到了這具軀殼體內的靈魂並不相同。

都伊並沒有回答他，因為祂忙著躲過瑟爾揮來的一劍。即便不用神力，都伊也輕鬆地躲過了這毫無章法的一擊。然而，祂還是對此很不滿意。

「你攻擊我。」

祂的語調微微上揚，這對都伊來說十分難得。祂也很少真正開口說話，但是每次面對瑟爾時，都會使用正常的方式與他交流。

「因為我殺了他們？」

血絲衝上瑟爾的眼眶。他已經許久沒有如此激動過了，上次是因為伯西恩，這次還是因為「伯西恩」。精靈對著寄宿在法師體內的神明怒吼，「滾出來！」

他一劍劈向都伊身側，斬裂了堅硬的石面。

哈尼驚呼一聲。

都伊倒沒有那麼在意瑟爾對自己的不敬。

「你在生氣。」神明用陳述的語氣說，「恕我對你們的情緒缺乏了解，不過我猜，是因為我殺了那些魔人。」因為寄宿在伯西恩的身體裡，都伊此時似乎也沾染上了一些屬於法師的刻薄，「那些被魔化的東西，你之前殺得並不比我少。」

瑟爾因為祂的這一句話，不易察覺地顫抖了一下。

「你是覺得他們還保留著神志，所以產生了憐憫？」都伊很是敏銳，察覺到了瑟爾情緒的來源，「那只是無謂的掙扎，他們遲早會變成沒有理智、只想吞噬血肉的怪物。被深淵氣息感染的非惡魔系生命，只有這個下場。」

沒人會質疑一位神明的判斷，尤其這位神明，還是和深淵打了多年交道的都伊。

然而，瑟爾聽不見祂的解釋，這讓都伊很困擾，至少目前祂是想和瑟爾談一談合作的。都伊開始思考能否利用什麼當作威脅，讓精靈先冷靜下來。然而祂的眼神剛離開瑟爾，瑟爾就猜出了祂的意圖。

「不要，再當著我的面，殺害任何人！」

瑟爾又一遍怒吼。他是真的憤怒了，劍柄上開始盈散出神性的光芒。

以利的聖騎士不是沒有對付光明神的方法。

都伊沒想到瑟爾會憤怒到這個地步，權衡利弊後，祂做出了明智的抉擇。只是離開之前，祂還不忘試圖辯解一下。

「別忘記，至少不是我讓他們變成了魔人。」

都伊離開了，伯西恩的身體因為失去支撐而摔向地面，在法師的臉和粗糙的砂礫零距離接觸前，一隻修長的手及時拉住了他。

「我該跟你道謝嗎？」伯西恩的意志奪回了身軀，「好歹你沒有因為遷怒，任由我摔在地上。」

瑟爾當然有一點遷怒，都伊方才就在他面前殺了整整數百個魔人，而在那之前，他還認為自己可以和這些魔人愉快地合作。他沒給法師什麼好臉色看，事實上，他現在看到這金髮金眸，心裡就惱火。

精靈將法師拋給年輕人們，自己先一步離開。

前都伊聖騎士艾迪第一次目睹都伊出現在面前，此時還有些茫然，他沒有第一時間反應過來。

「現在我們要做什麼？」

「離開這裡。」羅妮回答他，「我們是為了尋找『魔癮』的源頭而來，現在一切都前功盡棄了，還留下來做什麼？」

「但是我們還什麼都沒有查出來……」艾迪嘀咕，他感覺最近幾個月自己陷入了一個循環，準備行動、開始行動、行動失敗、準備下一次行動。

瑟爾的聲音從前面傳來，「你們去白薔薇城。一個星月之後，波利斯會帶領來自南方的軍隊與你們會合，薔薇騎士團們也會在那裡等待你們。」

羅妮本以為他這個「你們」中並不包括自己。

「妳也去，羅妮。」瑟爾說，「有些事非妳不可。」

羅妮本來想拒絕，如果可以，她這輩子都不想再想回白薔薇城，不想再見到維多利安（還有人記得這位是薔薇騎士團現任團長嗎？），然而話到了嘴邊，少女意識到如果拒絕的話，那會讓自己看起來像個逃兵。她討厭那樣。

「非我不可的事情是什麼？」羅妮問。

「我說過要從內部瓦解光明神殿的勢力，原本我想先解決『魔癮』。」瑟爾頓了頓，其他人都能聽出他話語裡的咬牙切齒，「現在我決定不等了。這需要妳的力量，羅妮。」

「兩面開戰不是明智的決定。」伯西恩說。

「謝謝你的提醒，不過更困難的戰場我也應對過，我想還是有把握的。」瑟爾對伯西恩還是沒什麼好氣，「而且我們也沒有時間了。都伊降臨，惡神甦醒，一旦祂們越頻繁地使用神力，這個世界會崩潰得更快。」

「那也許沒有什麼不好。」伯西恩輕聲說，然而這一句話他沒有讓瑟爾聽見。

他們在魔人挖出來的地下穴道裡前進，一路上可以清晰地看見這裡生活的痕跡，每當看見那些代表著這些魔人曾經努力想把自己當成一個正常人生活的證明，瑟爾心裡都猶如刀絞。

因為註定會變成嗜血的怪物，就沒有資格存活下來嗎？

在他們還保有身為人的理智和情感時，將怪物們殺死，似乎是最有效率的做法。然而瑟爾厭惡效率，他討厭這些不考慮任何情感的資料，也厭惡什麼都無法做到的自己，如果他能想出更好的解決辦法的話……

「趴噠趴噠？」

阿倫看著從泥土裡出來的一行人，甩著尾巴衝了上去，黑人魚卻忘了自己尾巴尖上還掛著一個昏迷的小怪物，若不是瑟爾及時擋了一下，他就要被阿倫尾巴上的這個重物砸傷了。

等等！

他看著還在昏睡的魔人男孩，突然把目光轉向伯西恩。

不是完全沒有希望！這裡還有最後一個魔人的倖存者！

法師冷冷一笑，「無論你想說什麼，我拒絕。」

「伯西恩！你答應過的，你說可以從這個男孩身上研究出『魔癮』的祕密。」瑟爾焦急道。

「那是之前，我還不知道都伊可以掌管我的身體。」伯西恩說，「現在我不想做冒險的事。」

「祂肯定不能經常使用那一招，否則祂早就抓住我了。只要你能在都伊察覺之前研究出來。」

伯西恩試圖拒絕，「我不……」

然而，他在看見瑟爾帶著懇求的銀色眼睛時，終究還是心軟了。

「我不保證。」法師最後妥協說，「也許最後研究出來的結果毫無用處。」

「不，利維坦想奪走他。僅憑這一點，這個男孩就絕不一般。」瑟爾終於恢復了一點笑容，「謝謝你，伯西恩。」

法師哼了一聲，不予回答。

他們在此告別，年輕人們出發前往白薔薇城，他們還不知道南方的情況如何了。

瑟爾和伯西恩則回到之前的小城，在波利斯有下一步之前繼續研究魔癮。

與他們一同離開的，還有都伊的聖騎士們。伊馮從未像這次這樣被徹底利用，直到最後一刻，他才明白都伊派他前來瑟爾身邊的目的。不過他也是第一次知道，原來都伊可以在兩具軀殼裡靈活轉移，只是要付出一些代價。

都伊不在的時候，伯西恩依舊保有自己的意識，那麼另一具被神臨的軀殼呢？

天邊高高升起的朝陽襯托得天空越發湛藍，伊馮有一瞬間想起了另一抹藍色。

†††

「您回來了，看來事情一切順利。」

光明聖者像一個忠實的老管家一樣，等候著主神的回歸。

都伊睜開眼睛，祂其實不是很習慣現在的這具身體，祂更喜歡伯西恩的那一具。

「順利？」都伊重複這這個字，卻沒有太多情緒，「或許吧。」

祂成功剿滅了魔人的窩點，毀掉了老對手的計畫，卻沒有達成預想中和瑟爾結盟的目的，不僅如此，祂還把精靈惹毛了，都伊現在還清楚地記得瑟爾劈來的劍有多鋒銳。然而，祂更想起了同樣是使用毀滅性的力量，伯西恩在白薔薇城的表現就得到了瑟爾的信任和讚賞，祂卻只得到了一劍，以及精靈的恨。

「這不公平。」

光明聖者聽見神明輕聲喃喃。老人忍不住抬頭望去，有一瞬間，他覺得自己在都伊臉上看到了一絲苦楚。有什麼，在神明的心中醞釀。

然而就像一個密封的罐子，都伊很快收攏了自己所有的情緒。

祂面無表情，克制地下令說：「進行下一步計畫。」

光與暗之詩

DEAR MY THRANDUIL

CHAPTER SIXTY SEVEN

烏托邦

有人在吹號角。

波利斯甩下武器上的血滴，似乎能聽見遠處的號角聲。那是敵人進攻的聲音嗎，還是什麼號令？長時間的戰鬥降低了他的分辨能力，他甚至分不清現在站在他面前的究竟是敵人還是伙伴。

「喂，你沒事吧。」

精靈阿爾維特從他身旁一晃而過。艾斯特斯在另一處戰場，作為王儲侍從的阿爾維特則在這一處守城，他們兵分兩路。

「開什麼玩笑。」波利斯面對質疑，毫不猶豫地吼回去，「就這一點小場面能難倒我？」

敵人是他們的十倍，有奸細洩露了情報，他們被困在城內。

可波利斯大笑著說：「這壓根不算什麼！」

他說著，又砍了一個撲上來的惡魔混血。

阿爾維特笑了笑，精靈靈活的身姿在人群中穿梭，收割著敵人的首級。

「那就好！」

他與所剩不多的精靈們一同替波利斯的主力部隊分擔壓力。他們不能被攻破，一旦這邊的防線守不住，艾斯特斯那邊的形勢就會急轉直下。即便以少勝多，他們也要撐過這一局，迎來轉機。

可是，會有轉機嗎？

遠處的敵軍指揮官對他們高聲呵斥道：「波利斯．巴特！沒想到曾經是英雄的你，竟然做出背叛聯盟的無恥行為！你忘了自己為什麼建立南方聯盟嗎？忘了屬於我們混血的榮譽嗎？竟然與精靈同流合汙，你墮落了！」

波利斯不予回答。然而，對方似乎將他的沉默當成了退縮，更叫囂起來。敵軍指揮官擒住一個天馬騎士後，親手砍下對方的頭顱，然後把那顆年輕的頭顱直直扔了過來。

他哈哈笑道：「看好了，這就是你踐踏權力付出的代價！還不明白你在與什麼作對嗎，波利斯？跟隨你的人，都會是這個下場！」

那顆頭顱正好滾到他們腳下，阿爾維特翡翠色的眼睛微微瞪大，死者面容上的不甘與憤怒、被圍困的疲憊和絕望，使他怒目而視。波利斯卻攔下了他。

「下場？」這位不年輕的超凡者拾起部下的頭顱，眼眸裡彷彿藏著冷靜的火焰，「那就來試試吧。」

「波利斯？」阿爾維特吃驚地看著半獸人放下武器，將手掌按在自己的心臟上。

「我不是為了權力才建立南方聯盟。」波利斯聲音低沉，「也不是為了名望。」

掩藏在盔甲與皮肉下的心臟在隱隱發燙，奧利維留下的烙印在灼燒著血肉，波利斯一點一點解開封印。

「喔，你不要告訴我，你建立南方自由聯盟真的是為了所謂的『自由』。那都已經過時了，老頭！這就是你被排擠出南方政權核心的原因，你太愚蠢了。」惡魔混血們與他們的盟友們大聲嗤笑。

是為了什麼建立一個新的國度？

波利斯做出決定前，曾經詢問過同伴們。

『你們說會不會有這樣一個地方，能讓所有人，無論混血或純血，還是平民與貴族，或是窮人和富人，都心無芥蒂地一起生活。』

『你在開玩笑嗎，還是在說夢話？』

刺客貝利嘲笑著半獸人。

騎士南妮也不以為意。

『有夢想是好事。不過我建議你考慮一下實際情況，巴特。』

只有精靈瑟爾和法師奧利維沒有說話，波利斯懇切的目光看向最後兩個同伴。

瑟爾張了張口，半晌道：『在我的家鄉，有人稱這樣的地方是烏托邦，是絕對不可能存在的空想之地。』

波利斯有些失望地垂下了腦袋。

『但即便如此，為了烏托邦付出熱血的人永遠都是前赴後繼。我總在想為什麼？明明知道不可能，這些人還願意為一個空想去拚命。』瑟爾繼續說。

『為什麼？』波利斯期待地看著他，他感覺精靈將說出一番不同的見解。

精靈嘆息：『或許是無論現實多殘酷，永遠都有追求自由的人。越黑暗的地方，夢想的火焰才灼燒得更旺。波里，你的夢想沒什麼不好，去做吧，萬一就實現了呢？』

在周圍的嘲笑聲中，昔日瑟爾的回答再次迴響在耳邊。

波利斯低笑道，「是啊，萬一實現了呢？」

他身後猛地張開一對巨大的羽翼，比平時延展了數倍，如一道堅實的牆壁將所有人護在他雙翼之下。在封印解開的那一刻，強大的威壓從波利斯・巴特的周身向四周蔓延而去。

敵軍指揮官戒備又恐懼地怒喝：「沒有力量的人，能給誰自由？」

『沒有野心的人實現不了烏托邦。』

預言師奧利維，是最後一個做出評價的人。

時至今日，波利斯終於明白了這句話的意思。

「所以我才會失敗一次！」

而這一次，絕不能再失敗了。

巨鷺騎士從地上掀起旋風，惡魔混血們呼朋引伴，決定南方自由聯盟格局的關鍵一戰就在今日！

天馬騎士和精靈們的人數實在太少了，少到大多數時候波利斯都是以一敵百。他灰色的翅膀如刀刃割開敵人的喉嚨，下一瞬，又被無數劍矢和法術穿透。波利斯不畏疼痛，反而享受疼痛。

他看著這些玷汙了他親手建立的國度的惡魔混血們，看著對他怒目而向的昔日同僚們，心裡充滿快意又充滿悲憤，還能聽見敵人在憤怒地喊。

「南方聯盟是屬於我們的！」

「殺光所有精靈，殺光所有人類，殺光所有純血，我們才能真正自由！」

被血統限制了視野的人，不僅是自以為優越的純血種族，還有這些偏激又憤怒的混血，以利維坦為首的惡魔混血更是其中的佼佼者。他們傲慢卻也自卑，他們強大卻也弱小，不將臆想中的敵人全部殺光，不將與他們不同的人全部屠戮，他們永遠都不會安心。

敵軍指揮官被波利斯抓住後還不忘冷笑：「你，波利斯，你用強大力量屠戮同胞，而我們只不過是為了向純血抗爭，我們做錯了什麼！」

「精靈們告訴了我一件事。」波利斯平靜地看著他，「至今為止，『魔癮』已經感染了北方數百座城鎮，近百萬人死亡。而南方聯盟雖然接近疫區，卻沒有一座城市淪陷。你們與惡魔做了什麼交易？」

對方一愣，「原來你都知道了。」

「你們要殺多少人才滿意？」波利斯輕嘆。他曾經為了自由而建立的南方聯盟，如今成了別有用心之人勾心鬥角的舞臺。

「那你，偉大的退魔之戰英雄！你以為那些北方種族抓住機會，不會這樣對付我們嗎？你以為幫助你的純血伙伴就會有好結果嗎？我等著看你可悲的下場！」大笑著說完這句話後，敵軍的指揮官引頸就戮。

因為指揮官之死，敵軍的軍陣出現了破綻，卻為波利斯他們帶來了轉機。

「南方的激進派可不只他們這一支。」阿爾維特出現在半獸人身後的城牆上。

「我知道。」波利斯看著自己沾滿鮮血的手掌。

我知道建立烏托邦是要付出代價的。可是瑟爾，我沒有想到這代價是如此沉重。混血與純血的敵視，種族之間的隔閡，難道永遠都無法消除？

遠方傳來了號角。

「援兵來了。」

波利斯抬頭看去，只見遠處的地平線上掀起一陣煙塵，騎著巨獸的獸人們揮舞著兵器。

「是布利安。」阿爾維特從城牆上落到波利斯身邊，平靜地說，「布利安從獸人山麓為我們帶來了援兵。」

獸人在「魔癮」中損失了十數萬人口，這對他們來說絕不是一個小數目，這讓獸人成為疫情中損失最大的種族。這也是為什麼布利安能說動他們來支援，獸人需要盟友。

布利安看了眼身旁表情平靜的阿爾維特，突然笑了。

烏托邦，並不是不可能。

號角聲越傳越遠，似要穿透雲層，直至穹頂。

一個星月後，駐守在白薔薇城等候消息的雷德等人迎來一個消息。

南方聯盟激進派所掌控的首都被波利斯攻陷。這個由巨鷺騎士一手建立的國度，最終又回到了他的掌中。

勝利的那一刻，波利斯看著遠處的旌旗，將手掌放在胸膛上。

這一次，我是不是能抓住烏托邦的一點尾巴？瑟爾，你說呢？

烙印在波利斯心臟上的封印圖案，只剩下四分之一。

光與暗之詩

DEAR MY THRANDUIL

CHAPTER SIXTY EIGHT

研究

瑟爾的善良不是沒有底線。

這一點，認識精靈很久的人都知道，他會照顧混血狼女孩特蕾莎，也會收留魔人孤兒，然而這並不意味著他會放縱一個成年人一次次地觸及他的底線。

當伯西恩再次表現出想要解剖魔人孤兒的想法時，瑟爾一拳揍在法師的胃上。當伯西恩因為痛苦彎下腰時，瑟爾警告他：「我讓你研究『魔癮』，可不是允許你做人體實驗。」

伯西恩捂著肚子，瑟爾毫不留情的這一拳讓他冷汗連連。

「呵。」法師喉嚨裡發出沙啞的笑聲，抬頭看了一眼精靈，就鑽回自己的實驗室。

瑟爾發誓，自己在那雙金色的眼睛裡看到了明晃晃的譏嘲。

這個時候，南方波利斯獲勝的消息還沒有傳到北方來，瑟爾與年輕人們分開後，就一直閉關在由他保護下來的唯一一座「魔癮」區倖存城市，長久的消息閉塞加上孤獨，讓兩個人的情緒都有些極端。

每一次在看到那雙金色眼睛的時候，瑟爾總會想起都伊。瑟爾不認同都伊說的話，不過不可否認，光明神成功在他和伯西恩之間種下了間隙。

「薩蘭迪爾大人。」城內的巡邏兵首領來連繫瑟爾，「我們又抓住了幾個活的魔化怪物，要帶來給您做實驗嗎？」

在瑟爾的訓練下，這座城市的巡邏兵和城防部隊要與普通的魔人戰鬥已經不成問題。因為瑟爾帶回了一個魔人孤兒，又總和伯西恩一起待在城內的法師塔，所以他們下意識地以為這位偉大的閣下是在進行某項針對「魔癮」的祕密研究。

瑟爾一開始還會試著糾正他們的想法，後來就放棄了。

「請帶來吧。」

瑟爾檢查了這幾個魔人俘虜，失望地發現他們已經完全沒有自我意識。那些擁有理智和情感卻被都伊消滅的魔化人部落好像只是曇花一現，或只是一場虛無的夢境，只有唯一倖存的魔人孤兒還在提醒他事實發生的痕跡。

人魚阿倫抱著瑟爾的腿，嘴裡發出嗟嗟的聲音。

「你們是什麼呢？」瑟爾蹲下身，輕撫著人魚的長髮，「被深淵氣息感染，又保有自我意識的你們，究竟是什麼？」

是怪物，是魔鬼，還是新的生命？

伯西恩在第三天給了他答案。

「他能吸收魔氣。」

「什麼？」

瑟爾一時間聽不懂法師的話。

「深淵氣息、惡魔之息，隨便你用哪個詞語形容它，那其實只是一種能量。」法師侃侃而談，他此時彷彿又變回了在梵恩學院講臺上授課的那位魔鬼教師，「只不過這種力量是純負面的，它會對一般的人體造成傷害。當它入侵我們的血液之後，就會腐蝕我們的肌骨，破壞我們的神經，將一個正常人變成一個發狂的野獸。這就是『魔癮』。」

瑟爾的眼睛裡已經開始繞圈圈了。

「不過，雖然極少見，但是在感染的過程中有一部分的人會適應這種變化，他們生理上產生的改變是不可逆的，但是神經系統卻在逐漸修復，這就是一部分魔人恢復了理智的原因。」

瑟爾好半天才回過神來。

「你是說，有一部分被感染者產生了抗體？」

「抗體？新鮮的詞彙。」伯西恩咀嚼著這個詞，很快就理解了含義，「這麼形容很合適。他們產生了抗體，但是這個抗體還不完全，至少這個孤兒身上的抗體，還沒有完全使他恢復理智。」

「那天我們看到的老人！」瑟爾道，「除了外表，他和正常人無異。他就是恢復理智，產生了完全抗體的個體。」

「但是他已經被都伊殺死了，我們偉大的光明神。」伯西恩露出了明顯的譏嘲，「保有理智，比一般人更強壯，甚至還能使用只屬於自己力量的個體，是不是很耳熟？」

瑟爾苦笑：「你覺得魔人和聖騎士們很像嗎？」

「不，他們比光明神的聖騎士更容易量產。只要抗體被普及，所有被感染的個體都能輕易獲得強大的力量。你知道這意味著什麼嗎？光明神賜予他信徒的力量不再是獨一無二。」

所以都伊想要與瑟爾合作，所以祂不惜親自現身也要消滅所有魔人，因為祂絕對不會允許這一股挑戰祂權威的力量出現。

「產生抗體的魔人們不需要訓練，力量強大，理智清晰，是天生的殺人兵器。」伯西恩金色的眸子閃過一道暗痕，「現在，只要能研究出為什麼只有特定的人會產生抗體，一切就會迎刃而解。想想吧，如果是你擁有這一份力量，你會用它來做什麼？」

「我為什麼要擁有他們？」瑟爾反問，「如果他們還保有理智，就不能讓他們像正常的職業者一樣生活嗎？他們只是比普通人強了一些，並不是什麼怪物，也不需要我來『擁有』和『統治』。」

伯西恩愣了一下，輕輕笑了，他臉上的寒霜因為這一絲笑意而溫柔地融化。

「是的，你不是都伊，也不是深淵之主，你是薩蘭迪爾。」

瑟爾從伯西恩那裡了解了魔人的祕密，也了解了這份強大的力量一旦被人控制後的可怕。他還是決心和伯西恩繼續研究抗體，直到研究出完全體，再使用在魔人們身上。然而這一切，還不能告訴任何人。

「恐怕已經晚了。」伯西恩說，「至少梵恩城裡有兩個人已經知道這個消息了。弗蘭斯法師，還有貝利。」

瑟爾怒目而視，「你會為他們帶來危險。」

伯西恩坦然道：「可我需要幫手，即便是天才，也不能在短暫的時間內徹底了解一個從未涉及的領域，人體實驗不是我的專長。」

「你能使用傳送法術了？」瑟爾狐疑地問，伯西恩自從復活後，就再也不能使用他曾經無比擅長的傳送法術。

伯西恩微微笑了笑，一直在旁邊的人魚阿倫突然有些不安地縮了縮尾巴。

「阿倫！」瑟爾惱火地喊了一聲人魚，又氣餒地看向伯西恩，「你們什麼時候背著我串謀好的？」

「不需要串謀。」伯西恩意味深長地說，「因為我和娜迦有共同的目標。」

阿倫附和地噠噠了兩聲，表示同意。

法師塔外又有人來敲門了，這一次是被他們鳩佔鵲巢的本城法師，他是來找伯西恩的。

「奧利維法師，按照與您的約定，我來提供素材給您了。」

因為有旁人在場，瑟爾只能暫且壓下心中的憤懣和疑惑。不過他想不通，一個人魚和一個法師，能有什麼共同目標？阿倫討好地在地上拍了兩下尾巴，卻不能說話來回答瑟爾的疑問。

†††

「軍隊已經出動了。」

伊馮半跪著向站在祭臺前的人影彙報。

他的臉上毫無表情，自從之前從瑟爾那裡脫身以後，聖騎士團長越來越像一座會呼吸的雕像。都伊也越頻繁地要他面見，然而這份在他人眼中的光榮，在伊馮看來卻是一場折磨。

一個不信任信徒的神明，和一個對主神產生了懷疑的聖騎士，還能怎麼維持表面的和睦呢？

等了好久都沒等到都伊的回答，伊馮第一次忘記戒律，擅自抬首望去。

都伊正微微側臉望著祭臺，似乎在出神。祂的眼神有一瞬間從堅石柔軟為流水，讓伊馮忍不住呢喃出聲。

「萊德維西？」

然而，回應他的並不是那個善良天真的王子，而是冷漠的神明。

都伊轉動著金色的眸子，看向自己的聖騎士。

「有趣。」都伊開口，「對於那個和你兄弟一樣患了『魔力缺失』的祭品，你還念念不忘，騎士。」

伊馮不敢說話，隨著都伊一字一字說出口，他感覺到龐大的壓力幾乎把他壓扁在冰冷的地面上。此時他已經分不清胸前的痛楚是因為外部的壓力，還是來自內心的痛苦。

「你懷念他，是因為愧疚還是移情？」

「我……」伊馮感覺喉嚨被一股無形的力量箝制住，看來都伊並不想聽他的回答。

「對於頂著和你掛念的故人一模一樣容貌的另一個個體，你是排斥還是懷念？」

看著聖騎士因為缺氧而逐漸漲紅的臉龐，都伊感到無趣，鬆開了力量。

伊馮倒在地上大口地呼氣。

「人類的感情如此複雜，精靈也是如此嗎？」都伊似乎嘆息了一聲，「你和軍隊一起去前線。」

伊馮聽見神明的命令時，手指已經深深陷進地面。

「……謹遵您指令。」

光與暗之詩

DEAR MY THRANDUIL

CHAPTER SIXTY NINE

聖騎士

梵恩學院的氛圍和以前已經不一樣了。

老師們上下課總是行色匆匆，顯然不把心思放在課堂上，法師學徒們也心不在焉，比起學習更關注別的事情，就好比眼前——

「聽說了嗎？光明神殿這一次終於決定幹一場大的了。」

學生興致勃勃地討論著，阿奇走進教室的時候，他們的話題戛然而止，所有人都像被施展了靜音法術。阿奇．貝利面不改色地走過他們身邊，越過人群，走到窗邊的一個角落坐下。

一個紅色頭髮，臉上有著雀斑的女孩看著他，猶豫地想上前說幾句話，卻被她的同伴拉住了。

「妳瘋了？小心連妳也被連累！」

「是啊，要知道貝利大法師現在可是自身難保。」

「貝利家……」

阿奇彷彿沒有聽到那些閒言碎語，自顧自地用手指沾著霧氣，在窗上畫著鬼臉。他另一隻手撐著自己的右臉，將年少的臉龐擠成扭曲的模樣。

為什麼自己還留在這裡呢？

阿奇自問。現在這個學院裡，除了祖父和弗蘭斯法師，所有人都與他立場相悖。

法師們似乎完全忘記了身為追求真理者的理智與自尊，成為了都伊盲目的信徒；

學院裡大部分的人都成了堅定的聖城派，然而，這又怎麼能怪他們呢？「魔癮」的侵襲已經逼近了梵恩城，緊要關頭，除了依賴擁有光明神術的都伊信僕，還能依賴誰？

在生命與權勢面前，法師們也要低下他們尊貴的頭顱。

「阿奇．貝利！」

有人打斷正在授課的老師，在屋外叫著阿奇的名字。

「你，出來。」

阿奇迎著所有人的目光起身往教室外走去。他有預感，自己這一離開，或許再也不會回到這一間教室。

同時間，法師議會的大堂裡。

「貝利法師、弗蘭斯法師。」坐在首席的白鬚法師看向兩位老法師，輕聲嘆道，「兩票反對，七十九票贊成，還有十七票棄權。」

他舉起手中的槌子，重重落下，隨著砰的一聲，首席法師說出議會的抉擇。

「贊成的人數超過議會席位的三分之二，梵恩城決定接受聖城的援助！」

隨著這一聲落下，在場的法師們不約而同地如釋重負般嘆了口氣。作為敗者，老貝利看著昔日的同學、同窗還有徒弟們，然而他們一個個都躲避開他的目光，不敢直視他的眼睛。

老法師冷笑一聲。

他們以為龜縮在都伊的庇護下就安正無憂，殊不知那位神明才是最大的威脅。

「您有什麼想說的，貝利大法師？」

貝利大法師沉默了半晌，沉聲道：「自從第一位先知從魔網窺見神奇的規律，讓弱小人類的也可以使用這玄奧的力量已經過了千餘年。精靈們天賦異稟，惡魔們以血脈相傳，唯有人類是一點一滴積累知識，才取得了和他們平等的地位。我們曾是神明的奴隸，是比其他種族低下的生命，無數先哲的努力才讓我們有了今天，讓作為真理追求者的我們可以理智而有自尊地活著。現在，我卻要眼睜睜地看著現代的法師們，將先賢抗爭來的自由盡數拋棄、歸還、踐踏！」

有不少法師被他說得雙頰通紅，可更多人羞惱不平地道：「說起投向神明，難道第一個與光明神合作的人不是你嗎？」

「是我。所以我才知道，那是多麼錯誤的一件事。」

「貝利法師！」首席法師阻止了他，「如果你能提供更好的方案，相信沒有人會願意做此抉擇。再者，即便此時光明神殿再如何勢大，這一次也將和我們合作解決『魔癮』，梵恩城也不是能任他們操控的，你言重了。」

貝利大法師輕嘆了口氣，「我和弗蘭斯法師會在今日離開梵恩城。」

他最後看了眼這個法師議會大廳，說：「不會再回來了。」

在貝利之後離開，這個向來沉默寡言，也從不參加糾紛的老法師弗蘭斯臨走前突然道：「不是兩票反對，是三票。」

如果伯西恩在的話，也絕不會投贊成那一票的。

†††

「伯西恩！」

正彎腰檢查試劑的法師聞聲差點手一抖，多加了試劑。他看著罪魁禍首——那個毫無自覺的精靈。

「請不要擅自闖進我的實驗室，我提醒過你。」

金髮法師用法術清潔了被試劑腐蝕的桌面，又得從頭開始。

「你會不會時光回溯類的法術？」瑟爾面色焦急，眼神中揣著些許不安。

因為看見了精靈的這張表情，金髮法師才沒有第一時間指責他言語的失謹，而是思考了一會才道：「預言系的法師可以占卜未來、窺見過去，但這不代表我們真的可以扭轉時間。已經發生的事無法改變，已經付出的代價不可再取回，這是世界的基礎法則，瑟爾。」

「是……我知道。」瑟爾有些出神地呢喃，「當初奧利維也這麼說過。他只可以預見命運，卻不能改變。」

伯西恩從沒有見過瑟爾如此失魂落魄的模樣，在他殘缺不全的記憶裡，即便是精靈王隕落，薩蘭迪爾也沒有失去他應有的鎮靜和理智。

「我想不通你為何如此不安。如果我沒聽錯，今天早上，信使才送來波利斯成功攻打下南方聯盟首都的消息。我以為這是一個好消息，你可以開始計畫的第一步。」法師說。

「計畫？」瑟爾後退了一步，有些疲憊地靠在桌沿，「是啊，波利斯很快就會和在白薔薇城的雷德他們聚集，有了南方的力量，羅妮可以開始遊說，我們可以從光明神手中爭取到相當一部分不那麼信任都伊的勢力。可是……」

「可是？」

「我想不到我這麼做的理由，伯西恩。」瑟爾銀色的雙眼裡，第一次流露出迷茫，「我原本只是打算出門一下，尋找失蹤的迪雷爾。」

「然後你發現這從頭到尾就是一個陰謀。光明神虎視眈眈，惡神重返大陸，死亡和崩壞的威脅席捲整個世界，所以你做不到視而不見，只有再次拿起生鏽的長劍。」伯西恩說，「不是嗎？」

「可是，如果災難本身就不會停止呢？如果我以摯友、親人的性命為代價，換來的只是短暫的和平呢？三百年前犧牲了那麼多人，卻平靜了不過百餘年。拯救需要付出巨大的代價，破壞卻總是輕而易舉。」瑟爾問，「我讓波利斯他們做的這一切，都是值得的嗎？」

天知道，當瑟爾知道南方傳來的喜訊時，第一時間不是高興，而是恐懼。他知道刻在波利斯胸膛上的封印所剩時間已經不多了，而他也不可能永遠忍受親人和摯友的離去。

伯西恩半晌沒有說話，瑟爾在想他是不是感到失望了。第一次發現世人口中稱頌的英雄原來也只是一個畏首畏尾的膽小鬼，任誰都會失望的吧。瑟爾陷入了一種自怨自艾之中，他此時還沒有察覺到，現在他的狀態和在沉沒大陸被惡魔氣息感染時十分相像，負面情緒吞噬了他。

啪嗒一聲，黑暗的實驗室內湧進了光亮，隨之而來的是滿街的歡呼。瑟爾一怔，看向推開窗戶的伯西恩。

「聽見了嗎？」法師指著窗外，「遊行的人群。」

街上的人群在慶祝南方的勝利。那其實和他們並無太大的關係，但跟隨在瑟爾身邊的巡邏士兵聽到了瑟爾和天馬騎士的對話，就將它當成一個好消息在全城傳播。

薩蘭迪爾大人的盟友在南方獲得了勝利，就相當於他們獲得了一場勝利，城內的人們歡欣鼓舞，似乎所有煩惱和恐懼都在今日被拋之腦後。因為他們相信瑟爾，認為瑟爾一定能帶他們走出今日的黑暗與陰影。

「三百年前的戰爭，三百年後的現在，支持你的從來不僅是你的摯友、親人，還有這些信賴你的人。薩蘭迪爾——」伯西恩看著精靈道，「你不是以利的聖騎士，你是屬於他們的聖騎士。」

你不是某個神明的聖騎士，你是屬於所有人的聖騎士。

你不是神明的信徒，你是所有自由之人的信徒。

「薩蘭迪爾！」

人們歡呼著英雄的名字，卻不知英雄坐在桌沿上，悄悄紅了眼眶。

這一天，南方波利斯勝利的消息風靡北方，影響了南北的局勢。

這一天，阿奇跟著祖父和弗蘭斯法師離開了從小生長的梵恩城。

這天，瑟爾看著法師想。

原來他真的喜歡我。

光與暗之詩

DEAR MY THRANDUIL

CHAPTER SEVENTY

冒牌貨

地上有個用樹枝畫出來的三角形，在三角的每一段分別放著一塊木頭、一杯水、一根點燃的蠟燭。

阿奇．貝利拿著樹枝，正在周邊畫出一條通過三角形每個頂點的曲線，當曲線的起點和終點合二為一、構成一個圓形時，隨著他一聲低喃的咒語，耀眼的紫藍色光芒閃過。

木頭，水和蠟燭消失了，隨之出現的是一團漂浮在空中的金屬液體。

阿奇看著那通紅滾燙的液態金屬，興奮地喊道：「我成功了，祖父，我成功啦！」然而他這一分神，液態金屬瞬間掉落在地，發出呲呲的聲響將地面腐蝕成一個深坑。阿奇差點被蒸氣燙傷眼睛，嗷嗷叫著後退。

貝利大法師無奈地走了過來，喚來一陣清風為自己的孫子吹散熱氣。

「第十三次失敗。」大法師指導阿奇，「你連一個一級煉金術都使不出來，確定要走煉金系這一途？」

老貝利覺得以自家孫子的天賦，如果非要走法師這一途的話，還是走幻術系最有希望。畢竟在天馬行空的想像力這一塊，阿奇和那些古怪的幻術系法師不相上下。

「我就要成功了。」睜著通紅的眼睛，阿奇不甘心地道，「現在除了光明神殿，沒有其他人有辦法扼制『魔癮』。不過說到底，『魔癮』也是一種傳染病，我要是能用煉金術研究出它的病理再對症下藥，看光明神殿的那幫老頭還拿什麼威脅我們！」

懣。

畢竟是十七、八歲的少年，阿奇對於被迫離開梵恩城，心裡還是有不少怨氣和憤懣。

老貝利看了一眼自己的孫子，搖了搖頭，什麼話都沒有說。阿奇不是第一個想透過法術來研究「魔癮」的人，可連伯西恩．奧利維研究了數個月，都沒有研究出什麼名堂，能指望這個初出茅廬的小子做出什麼功績呢？

唯有弗蘭斯法師不忘鼓勵阿奇的積極性，作為一個同樣偏執，一旦鑽牛角尖就絕不回頭的研究者，弗蘭斯鼓舞少年道：「每一次偉大的成功都建立在一萬次的失敗上。你再嘗試九千九百八十七次，就會有希望了。」說完還嚴肅地對阿奇點了點頭。

阿奇不知道這位老法師是不是認真地在鼓勵自己。

無奈地瞅了這兩位一老一少，貝利大法師提醒他們收拾行囊。因為不能使用法師議會的傳送陣，這大半個月來他們都是在大陸上徒步行進。

「翻過這座山，伯西恩會在那裡等我們。」

老貝利眺望著眼前死氣沉沉的山丘，老人彷彿能穿透此起彼伏的山脈，在層層疊疊的樹葉樹枝之間看到那位年輕同袍熟悉的身影。

他最後一次和伯西恩連絡是兩天之前，伯西恩告訴他對「抗體」的研究有了新的進展，並通知說會在某處邊境密林等待他們會合。現在已經兩日過去了，老貝利即將抵達會合之地，只是不知道伯西恩那邊的情況是否有改變。

阿奇突然動了動鼻子。

「我聞到了燒焦味。」

他四處張望，似乎想要探尋森林裡哪裡著了火。聞著聞著，阿奇的臉上出現了狐疑的神色，「我好像還聞到了烤肉味。」

老貝利猜想，是自家孫子閒來無事又產生了幻覺。這一路上沒有吃過幾次肉，有一次阿奇甚至抓著樹根說是烤豬蹄。

「這附近只有魔人。」貝利大法師說，「你是要吃魔人烤肉嗎？」

「不，我是說真的，有東西被燒焦了，而且越來越近——」阿奇沒說完，就看到那股燒焦味的來源，只見在眼前一百公尺外的轉角處，一隻撲閃著雙翅的獅鷲從天而降，那獅鷲渾身被烈火炙烤，正散發出阿奇所說的烤肉味。

就在三位法師眼前，這隻烤肉獅鷲掉進了山脈間隙的峽谷之中。

「我、我就說是烤肉！」阿奇結結巴巴地說完，就看到天空中像下雨一般，燃著火苗的獅鷲接二連三地墜落，坐在獅鷲上的騎士連跳脫的時間都沒有，就隨著坐騎一起摔進了深谷。

阿奇目瞪口呆，「獅鷲騎士！神殿軍團！」

就在此時，老貝利一把拉住自己的孫子往後拽，正好讓他躲過了另一個龐然大物。那龐然大物的一隻翼骨滑到側邊的山峰，瞬間將一大片石塊輾成粉末——阿奇差點也成為那些粉末之一。

他們還聽見空中傳來一個人的驚呼。

「那邊有人！雷德，你差點把人撞成肉餅！」

那龐然大物發出震耳欲聾的吼聲，幾聲雷鳴般的聲響過後，地上的人們才聽清他的聲音。

「這個時候出現在這裡的人肯定是都伊的走狗，撞成肉餅又沒事！」

這時候法師們才看清楚，那隻差點砸到阿奇的巨物竟然是一隻巨龍，而且是一隻幾乎可以盤踞一整座山峰的紅龍。牠血盆大口裡還冒著火星，說話時，那些火星時不時地往外跳。

阿奇這下總認出了這兩個傢伙是誰！

「哈尼、雷德！喂，我在這裡！」他的聲音實在太小了，喊了好一會，才想起要幫自己施展一個擴大聲音的法術。

「喂，哈尼，是我，我在這裡！」

還盤旋在空中的一人一龍一愣，好不容易找到了聲音的來源。

「阿奇？」坐在龍背上的少年一愣，隨機臉色大變，「危險！」

阿奇的喊聲引來的不僅是巨龍的注意，還有那些和他們作戰的獅鷲騎士。眼看那些獅鷲騎士揮舞著長槍衝到面前，貝利大法師從鼻子裡哼了一聲，把愣住的孫子拉到身後。

他在使用法術之前，提醒自己的這個傻孫子。

「以後暴露自己的位置前，注意一下周圍的環境。」

阿奇這才注意到，他們已經繞過了那個轉角。在轉角之外，不遠處的一片平原上有數百名獅鷲與天馬混戰成一團，同樣數量的騎士與聖騎士互相對決，正是一片廝殺場景。

片刻之後，化為人形的雷德帶著哈尼落在三人面前。

「你們怎麼在這裡？」紅髮少年皺了皺鼻子，「突然出現在戰場，萬一被誤傷了我可不管。」

「是啊，差點就被你的大翅膀砸成肉餅了。幾個月不見，你好像又胖了，雷德。」阿奇戲謔了一句又收斂起神色，「我還想問你們是怎麼回事？為什麼會和光明神殿的人打起來？」

「我是在發育期，這很正常！」雷德反駁了一句才道，「我早就想和都伊的臭蟲打一場了，等把迪雷爾逼出來，看我不——」

哈尼趕緊把龍拉到自己身後，為幾人解釋，「我們和光明神殿開戰已經快一個月了。這是西線的一個戰場，由我們負責，東線那邊由艾斯特斯殿下負責，薩蘭迪爾大人和波利斯大人留守『愛聯』大本營。」

「唉……哎什麼？」阿奇一頭霧水了，「難道是南方自由聯盟擴展到獸人山麓以北來了，那獸人呢？」

哈尼回答：「獸人們也在東線戰場，和惡魔以及都伊聖騎士作戰。『愛聯』不是南方自由聯盟，是『愛好和平與自由者之聯盟』。」

「什麼？」

「愛好和平與自由者之聯盟。」哈尼又重複了一遍，「由南方聯盟、精靈、獸人，還有北方一些反抗光明神殿的勢力組成，簡稱『愛聯』。」

阿奇已經無法吐槽這個名字了。

哈尼解釋完，有些責備地看著他「這裡是戰場，你們單獨靠近很危險。」

「可是，」他指著自己，「可是伯西恩老師說要我們在這裡等人接應，接我們的人還沒到……」阿奇說著說著像是想到了什麼，眼睛越睜越大。

貝利大法師突然嘆息一聲。

「他通知我們在這裡與人會合。我以為他會親自來，沒想到來接我們的人會是一整支軍隊。」讓他們趕到正在作戰的戰場和自己人會合，也只有伯西恩能想出這個主意。

哈尼眨了眨眼，過了好一會，他才說。

「好吧，看來我得送個信給伯西恩法師，說人已經接到了。」

†
†
†

「愛聯」大本營——

伯西恩接到了天馬信使送來的消息，就直往瑟爾的房間走去。然而當他不打招呼就推開門，就看見精靈趴在半獸人毛茸茸的胸膛上，幾乎半張臉都被波利斯的胸毛埋住了。

伯西恩：「……」

波利斯突然叫了起來，盯著自己著火的胸毛，手忙腳亂地撲火。

「你在幹什麼，法師！」

伯西恩不慌不忙地收起施法姿勢。

「抱歉，我以為看到了髒東西。」他的道歉毫無誠意，聽得波利斯只想揍人。

「伯西恩？」瑟爾抬起頭，對法師招了招手，「可以過來幫忙看一下嗎？波里胸前的這個封印法陣，我有點看不懂。」

伯西恩十分抗拒把自己的臉湊到那堆胸毛裡，然而瑟爾誠摯的眼神讓他無法狠心拒絕。他走上前一步，突然想起什麼般開口道：

「前線送來消息。貝利已經到了，或許你想要見一下他們。」他補充了一句，「弗蘭斯和貝利都是十分資深的法師，對封印很有研究。」

瑟爾猶豫了一下，還是決定先去見兩位法師。伯西恩原本也準備跟他一起離開，卻在走到門前時被人喊住。

「喂，冒牌貨。」

他回頭，見到波利斯正一臉不懷好意地瞪著自己。

「別以為你裝得像，那也只能騙到瑟爾。真正的伯西恩早就死了，你只是都伊安插在這裡的間諜。不管你和那個虛偽的光明神在謀算什麼，等著，早晚有一天我會抓住你們的把柄！到時候瑟爾就會知道，真正值得信任的、最關心他的人永遠是我。」

巨鷲騎士這語氣，似乎認定了伯西恩和都伊有勾結。

對於他這份莫名自信的篤定，法師的眼神裡透著些許無奈。

過了一會，他開口。

「可薩蘭迪爾最關心的人是伯西恩．奧利維。從為他而死的那一天起，他就註定無法忘記我。」金色的眼睛稍顯黯淡，「無論『我』是真是假。」

光與暗之詩

DEAR MY THRANDUIL

CHAPTER SEVENTY ONE

談判

當貝利大法師見到前來迎接他們的瑟爾時，第一句話不是久違的問候，而帶著一些斥責的詢問。

「寒暄就不必了，閣下。我剛才在路上聽見消息，你們正同時與光明神殿和惡神開戰。請原諒我的冒昧，這簡直就是——」他看著那雙銀色的眼珠，將不那麼悅耳的話吐出來，「自尋死路。」

瑟爾因為見到故人而變得輕快的步伐放緩了一些，他在原地站了一會，才踱步走過來。不過顯然，這一次他的腳步不復輕快。

「也許您願意聽我解釋，這是我們經過商討後做出的慎重決定。」瑟爾的話還沒說完，會客廳的大門又被人撞開，波利斯帶著一臉邀功的得意，衝進來道：「你不敢相信我問到了什麼，瑟爾！那個狡猾的金髮小子，終於承認他是都伊的間諜了！」

「波利斯騎士，也許你對語言的理解有些問題。」穿著黑袍的伯西恩從他身後緩步走了出來，「我不知道是哪一句話，讓你產生了那樣滑稽的誤會。」

「你還想狡辯！」波利斯惱怒，「你剛才明明當著我的面承認……」

「我承認了什麼？」伯西恩淡然地望著他，「需要我把剛才說的話複述一遍嗎？」

「伯西恩法師？」

「伯西恩！」

兩聲低呼打斷了波利斯接下來的質問。貝利大法師驚訝地望著眼前這個金髮金眸的伯西恩，又看向自己的孫子。

「饒了我吧，是你沒有問。」阿奇不得不高舉起雙手，「我也不知道該怎麼向你們解釋，說伯西恩老師模樣大變，就像換了一個人？」

貝利大法師生氣道：「至少你該跟我提一句。」

阿奇嘀咕說：「除了髮色和眸色，他和以前也沒有多大的變化啊。」

「伯西恩……」另一位老人走上前一步，看著眼前熟悉又陌生的養子，然而伯西恩投向他的目光卻十分陌生。

「想必你就是弗蘭斯法師了，之前我們在通訊中有過些許交流。不過很抱歉，我可能不是你想見到的那一位伯西恩。」他如此對自己的養父說。

弗蘭斯把目光投向瑟爾，瑟爾此時終於感到和阿奇一樣的為難。同樣的，他不知該如何與這位老人解釋他養子失憶的這件事。

「伯西恩身上發生了一些特殊的變故。」最終，精靈艱難地解釋道，「他的樣貌和記憶可能都受到了一些影響。」

「僅僅一些？」貝利大法師指著金髮版本的伯西恩，「你知道他這副金光閃閃的模樣會讓我想起誰嗎？別告訴我就是都伊讓他變成這個模樣的。這可不是小事，容貌是靈魂的投影，他發生了這麼大的變化，你們應該早點告訴我們！」

伯西恩上前一步，阻攔住貝利大法師對瑟爾的苛責，微微低頭看向老法師。

「我想，對於我自己的事，我有權選擇告知或不告知誰。」

在如此近的距離和那雙眸子對視，貝利大法師發現雖然顏色變了，不過那雙眼睛裡令人牙癢的傲慢和冷靜依舊沒有改變。他冷笑了一聲。

「那你寫信向我們求助的時候，怎麼沒想到你的這份權利？」

「十分感謝你們在『抗體』研究上的幫助，但是恕我提醒，那只是協作，而不是求助，我們是各取所需。」伯西恩後退一步，「關於我的事暫且告一段落吧。我想你們剛才有更重要的事情要討論，不是嗎？」

貝利大法師這才想起來，就在波利斯闖進門之前，他正在詢問薩蘭迪爾為什麼要冒險。他終於把目光又轉向瑟爾，關心起這件本該關注的事。

瑟爾悄悄鬆了口氣，至少他覺得回答這個問題，比回答伯西恩為什麼變得金光閃閃容易多了。

「事實上，挑起兩線戰端的不是我們。一開始我們只是在北方尋找不願意投向都伊的勢力。可沒過多久，都伊就派出祂的軍團以清除『魔癮』的名義，在北方大肆清洗反對祂的人。為了保住盟友和我們自己，我們不得不應戰。」

「那東線戰場是怎麼回事？」老法師問。

「東線。」瑟爾琢磨了一下用詞，「也許您可以不將那邊稱為戰場。實際上，我的弟弟率兵前往東方深淵已經一個月了。惡魔、精靈、光明神殿，三股勢力在那裡對峙，但我們並沒有正式開戰。」

「可剛才他們說……」貝利老法師的眼中露出疑惑，「好吧，你們在那裡做什麼？三股力量凝聚在一處，只是為了像小女生一樣扮家家酒嗎？」

† † †

「在家裡陪我女兒玩可比這輕鬆多了。」獸人布利安一手端著一杯剛熱好的酒走了過來，「喝嗎？」

精靈藍色的眼睛在銀酒杯上掃了一眼，接過來，一飲而盡。不得不說，熱酒的確有驅寒的功效，就這麼一下子，他身上的寒氣已經褪去了一些，他卻突然聽到身邊獸人發出嗤嗤的笑聲，艾斯特斯不悅地望去。

「抱歉，我只是突然想到，如果是在我們初見的時候我遞給你這一杯酒，你一定會一劍向我砍過來。你會想，這個邪惡的獸人究竟在謀劃什麼陰謀？」布利安笑了笑，露出他的尖牙。

艾斯特斯盯著那屬於獸人特徵的銳利尖牙看了好一會，說實話，那牙齒實在有些恐怖，這些獸人要是和誰接吻，一定會把對方的嘴唇戳破一個洞。

「我並沒有完全改變主意。管好你的人，布利安，不要給我機會向他們出手。」

艾斯特斯看著不遠處和精靈們涇渭分明地分別紮營的獸人，如此說。

布利安不置可否，注意到精靈的視線後摸摸自己的嘴巴，「或許你更在意這個？不過，艾美利亞倒從來沒抱怨過我的尖牙。」獸人咂了咂舌，「她只會抱怨我從來不刮鬍子。天知道，我每天都刮，但鬍子也每天都會長啊。」

聽見獸人提起自己的妻子，艾斯特斯舉杯的手頓了一下。

「……你的妻子，她是如何去世的？」

「是舊傷。在我將她從戰場上救下來前，她就已經被惡魔傷到了心脈。」布利安深黑色的眼睛裡流露出悲傷，「我試過所有辦法，我也懇求過艾美利亞離開我們、回去樹海，說不定你們能治好她。可她不願意，她不願意拋下特蕾莎和我。」他閉上眼，這個強壯的獸人在提到已經去世的妻子時，身體竟然在微微顫抖。

「我很抱歉。」

布利安詫異地睜開眼，望向艾斯特斯。

「我懷疑過你和你妻子真摯的愛情。」精靈王儲苦澀地說，「也因為我的偏見，讓她無法帶著自己的孩子回到故鄉。你要恨我也可以，布利安。」

布利安笑了笑，他拍了拍年輕精靈的肩膀：「如果我恨你，豈不是和你這個傲慢的傢伙犯下一樣的過錯了？艾斯特斯，知道為什麼我會答應你的兄長聯合獸人部落，來參與你們的戰爭嗎？我早已經離開部落了，你們與都伊的戰爭也和我毫無關係，照理來說只要帶特蕾莎去隱居，我可以少掉很多麻煩，但我還是淌了這場渾水。」

艾斯特斯透徹的藍眼睛望向布利安。他看著篝火旁的樹海精靈和深淵精靈們互相張望著彼此的模樣，用手語比劃著交流。他也看見阿爾維特帶著精靈和獸人換班，接下了下半夜的巡邏工作，彼此點頭錯身而過。籬笆被砍去，乾涸的河塘流進了活水，原本死寂的世界迎來了新的生命。

「我知道為什麼。」他輕聲道。

他們不再說話，篝火在黑夜中靜靜燃燒。薩蘭迪爾用交流打破了過去與現在的隔閡，融化了種族間世代仇恨的冰層。現在，他還能做到更多的奇跡嗎？艾斯特斯不知道結果，但是他選擇相信，所以在此等待。

†††

「那不是戰場，而是談判桌。」瑟爾如此為貝利大法師解釋，「也許我這麼說，您可以更明白一些。」

「談判？你想和誰談判，都伊還是惡魔？」貝利故意嘲諷說。

「如果我說都有呢？」

貝利大法師猛地站起身，「你瘋了！」他在屋子裡轉圈，時不時停下來瞪瑟爾一眼，似乎不知道該怎麼組織語言來反駁他這個可笑的計畫。

終於他找到了一個，「可你們今天白天，還在和都伊的獅鷲騎士廝殺！」

「要讓你的對手安分地坐上談判桌，總得向他展示一下你的力量。」瑟爾說。

「談判？一個想要毀滅世界的瘋子、一群沒心沒肺的惡魔，你拿什麼籌碼去和他們談判？」貝利憤憤然道，「你以為都伊是十歲的小孩，用糖就能收買嗎？你們為什麼不勸勸他？」他看向周圍的人，卻注意到從波利斯到伯西恩，所有人都同樣詫異地望向瑟爾。

一股不祥的預感湧上老貝利心頭，老法師沙啞地開口：「不要告訴我……」

「我正要告訴你。」瑟爾說，「除了正在東線的艾斯特斯，關於談判的這件事情，我也是第一次告訴在場的人們。」

伯西恩望了瑟爾好一會。

「你想和誰談判？」

「都伊。」瑟爾說。

「還有呢？」伯西恩問。

「惡神。」

有趣。黑暗中有誰輕輕笑了一聲。

在所有人訝異的目光中，伯西恩說：「我想，試試倒也無妨。」

光與暗之詩

DEAR MY THRANDUIL

CHAPTER SEVENTY TWO

抉擇

想要談判，除了向敵人展示你的實力，還必須讓敵人看見你的籌碼。

瑟爾的籌碼就是「魔癮」的「抗體」。惡神想要透過「魔癮」掌控世界，都伊想要袪除「魔癮」收攏人心，誰掌握了「魔癮」最核心的祕密，誰就掌握了主動權。

「雖然現在還沒研究成功，但只要我們攻破它，就掌握了最大的籌碼。」瑟爾說。

「你把賭注全壓在這個不知道是不是冒牌貨的人類身上？」波利斯氣呼呼地說，「你為什麼就那麼相信他！」

「我是相信自己的眼光。」瑟爾回答，又看向伯西恩，「那麼，你有多大把握？」

「只要有足夠的時間。」法師說。他這麼回答，似乎有些傲慢，在場卻沒有人懷疑他的實力。最終，波利斯氣呼呼地甩門而出，貝利大法師還盯著伯西恩上下打量，弗蘭斯法師卻已經準備離開了。

「你不關心他為什麼變成這副模樣嗎？」貝利問。

「不關心。」弗蘭斯法師道，「正如他自己說，他已經不是我想見的伯西恩。沒有意義了。」

兩位老法師離開，在場又只剩下年輕人們。不過很快，年輕人們也逐一告辭。雷德他們還要前往西部戰場，不能多留。而唯一留下來的阿奇，有些欲言又止。

「我……」法師學徒道，「伯西恩老師，我能看看你的研究嗎？」

伯西恩金色的眼珠望向他。

「我最近在研究煉金系法術，我想也許能幫上一點忙！」在那雙眼睛的威壓下，阿奇連珠炮般說出了自己想說的話。

「那麼，你現在能施展幾個煉金系法術？」伯西恩問。

阿奇小聲囁嚅了幾句。

「大聲點，學徒，這裡沒有人會被你吵醒。」

「一個——」阿奇緊張地說，伯西恩蹙起了眉。

「——一個都沒有學會！」阿奇說完。

伯西恩眼中的不滿變成了冷笑，他甩袖就走。

「求你了，伯西恩老師！我只想幫上一點忙。」阿奇拉住眼前人的袖子，放下面子哀求。

伯西恩本不打算理睬他，可誰叫法師學徒機靈地拉住的不是伯西恩本人，而是瑟爾的袖子。精靈無奈地望著眼前這位故友的後人，又抬頭看向法師。

「我想也許你需要一個助手？」

啪地一聲，房門被帶上。伯西恩走出屋子，與此同時還拉著阿奇一同離開。

「痛痛痛！伯西恩老師，你輕一點，我的手都要被你拉紅了！」

聽著外面的聲音漸漸遠去，瑟爾無奈地笑了笑。

他輕聲道：「還真是煩惱呢。」有一個這麼愛吃醋的追求者。

然而從那一天起，瑟爾和伯西恩幾乎就沒怎麼見過面。他們一個總是把自己關在實驗室，另一個需要隨時和各地的盟友連繫，忙碌得連睡覺的時間都要精打細算，根本沒有時間見面。

只有偶爾，瑟爾會見到被伯西恩派出來跑腿的阿奇，問他研究進展得如何。

阿奇先是一臉崇拜地表達了對伯西恩的滔滔敬仰之情，然後面露苦澀地道：「老師似乎陷入了瓶頸。我們研究那個男孩很久了，至今都不明白讓他產生『抗體』的原因是什麼。那個村落裡的其他人又都死光了，我們連一個實驗對照體都沒有，如果能有一點和他村子有關的資料，一切就好辦了。」

「我可以去幫你問一下。」瑟爾說著，然後去詢問波利斯。

「為什麼我要去幫助那個討厭的冒牌貨？」波利斯反問。

「如果伯西恩能儘早解決『抗體』的問題，他就能儘早為你解決封印的問題。」

瑟爾這麼回答。

波利斯眼前一亮，「所以你其實還是在關心我，瑟爾？」

「……你可以這麼理解。」

得到這個回答，巨鷺騎士立刻去找人調查「初始之村」的事情了。然而令瑟爾意外的是，還沒等到波利斯的回覆，另一個不幸的消息卻搶先一步。

那時東方的第一片雲帶來了降雨，滋潤著久旱的大地。精靈們整裝待發，擦亮了他們的劍與長弓。獸人騎兵跨坐在地熊的背脊上，地熊嘴裡噴出的白霧融化在了清晨的寒風中。

艾斯特斯查驗著眼前精靈斥候的屍體。在他身後，同族們一言不發地握緊了武器，只等待著一個出擊的命令。他們的眼中，都醞釀著憤怒與悲傷。

「他身上沒有明顯的外傷。」布利安說，「很難判斷究竟是聖騎士們的劍，還是惡魔們的利角殺死了他。但是很明顯，這是一場蓄意的挑釁。」

「……阿爾維特還沒有消息嗎？」

「侍衛長去追擊襲擊者，到現在還沒回來！」一旁的精靈回答。在那位年長、屬於精靈王朝代的侍衛長退役之後，阿爾維特取代了他的地位。而現在，這位剛上任不久的新侍衛長卻失去了蹤影。

艾斯特斯垂下了眼眸，所有人都能看見他那雙眼睛中的克制與憤怒。

再等一等，精靈王儲對自己說。我還沒有完成瑟爾的計畫，不能被他們挑撥。

然而就在這時，遠處傳來了同伴的驚呼。

「阿爾維特！」

艾斯特斯倏地抬頭望去，看見了阿爾維特。然而，那個陪伴他長大的親密伙伴卻再也無法睜開雙眼，回應他的呼喚。

瑟爾是在事發後的第二天傍晚收到的消息。一開始，他並不相信艾斯特斯會如此做出輕率的舉動，打破平衡的局勢，然而在得知阿爾維特的死訊後，瑟爾沉默了。沒有人比他更懂得失去同伴的痛苦，他無法指責艾斯特斯。

「東方已經開戰了，比任何一處戰線都更膠著。」貝利大法師說，「現在你談判的計畫似乎要毀於一旦了，薩蘭迪爾。」

瑟爾沒有理會老法師的冷嘲熱諷，他靜靜站了一會，問信使。

「阿爾維特是被誰殺死的？」

「沒人能查出死因。和其他人一樣，侍衛長身上沒有外傷。」回來傳訊的精靈悲痛地說，「但是他的靈魂之火卻已經熄滅。無論仇人是誰，我們都要復仇！」

凶手是誰似乎已經無關緊要。悲痛壓過了理智，叫人只想報仇雪恨。

沒人比瑟爾更能體會艾斯特斯心中的痛楚與悲憤，他想立刻去安慰自己的弟弟，卻無法抽身。

艾斯特斯的意外行動，不僅打破了東方的局勢，更打亂了瑟爾的計畫，就在瑟爾為此焦躁不安時，波利斯送來了情報。

「那個村子的情況有點奇怪。」他說，「我查到最早聚居在村子裡的人，都是被驅逐到那裡的。」

「驅逐？是什麼原因？」

「因為他們都是『魔力缺失』的患者。過去的人們認為『魔力缺失』是一種可怕的傳染疾病，所以把所有患者都驅逐到偏僻之地。」有人替波利斯說出了答案。

瑟爾抬頭望去，見到了多日不曾外出的伯西恩。

「我們帶回來的那個男孩也有『魔力缺失』。他們無法連接魔網，終生不能凝聚一絲魔力。整個村子裡產生『抗體』的倖存者，其實都是『魔力缺失者』。」

「為什麼『抗體』只出現在患有『魔力缺失』症的人身上？」波利斯問。

沒有人能回答這個問題。

「原本的殘缺使他們成了幸運兒。」許久，伯西恩有些譏諷道，「或許你們該去問一個人，現在世界上恐怕沒有人比他更了解『魔力缺失』與『魔癮』這兩件事。」

瑟爾立刻想到了那個名字——都伊，那個藉由萊德維西的軀體降臨人世的神。

為什麼，他選擇的軀體也存在這種「魔力缺失」的症狀？是巧合，還是別有內因？

事已至此，或許，弄清楚光明神殿當時為什麼會選擇萊德維西作為降臨的驅殼，才是最好的辦法。

「你要去東方，還是要去北方？」伯西恩問瑟爾。

是選擇前往艾斯特斯身邊，還是選擇調查「魔癮」的真相？

孰輕孰重，瑟爾到了抉擇的時刻。

光與暗之詩

DEAR MY THRANDUIL

CHAPTER SEVENTY THREE

變動

瑟爾選擇了艾斯特斯。

他明白失去摯友和親人的傷痛，所以他不願意讓艾斯特斯獨自承受這份痛苦。就在瑟爾啟程東行的時候，南方聯盟本部，吟遊詩人尼爾和半精靈蒙特卻因為一件事大吵起來，準確地來說是蒙特單方面在向吟遊詩人發脾氣。

「你沒有看好她？」半精靈翠綠色的眼睛裡閃爍著怒火，「現在特蕾莎不見了，她一個人在外面會遇到多少危險，我們又該怎麼和布利安交代？」

吟遊詩人冷靜地反駁：「事實上我不是你的下屬，我留在這裡幫忙，是因為我願意這麼做，但這不代表你有隨意指責我的權利，也不意味著我成了一個小女孩的貼身保姆。」

「你們就不明白事情的輕重嗎？現在與其在這裡爭吵，我們先解決問題好嗎？」菲耶娥——目前南方總部裡唯一一位女性領袖實在看不下去了，「特蕾莎是待在房間裡，我和尼爾就在外面的大廳談事情，這期間離開了不過半刻鐘，外面的巡邏員也沒看到任何人離開大廳，她不可能是自己走失的，這說明什麼？」

「挾持，綁架，陰謀！」蒙特咬著牙道，「那幫陰險的都伊走狗，這一定是他們幹的好事。」

「事實上，說不定是你們的其他仇家？」尼爾反駁道，「聽說現在薩蘭迪爾也與惡魔開戰了，不排除是惡魔混血做出了這件事。」

「你是在責怪他？」

「我只是想說，薩蘭迪爾做決策時或許沒有考慮到所有的後果，能別讓你的崇拜情結洗腦你的思維嗎？」

眼看這兩人又要爭執起來，菲耶娥連忙介入他們中間阻止，「先別管爭議吧，我們就談論這起綁架。即使有人神不知鬼不覺地潛入，抓走了特蕾莎，那也不可能就這樣離開邊境。尼爾，能拜託你調查一下南北邊境最近有哪些人進出嗎？」

看見尼爾微微頷首，她又把目光投向自己的老伙計，「蒙特……」

「好了，難道我會讓妳為難？」蒙特悶悶不樂地哼了一聲，「具體事情，我先把消息通知薩蘭迪爾，再由他決定。」

然而，當來自南方聯盟總部的天馬信使送出消息時，同樣整裝待發的瑟爾也踏上行程，離開了城市。瑟爾正在路上，他是騎著天馬趕往東方戰線的，與他同行的除了數百名天馬騎士之外，就只有人魚阿倫。

波利斯留在城內，瑟爾不在的時候必須有人坐鎮。關於「抗體」的實驗還沒有完成，伯西恩自然也留在城內。至於去北方探聽都伊神臨內幕消息的任務，則自然交給了有過經驗的羅妮。而羅妮此行除了打探消息外，還有另外一個重要任務——連繫水神沃特蘭和火神赫菲斯的聖騎士們。瑟爾曾經與水神臨時結盟，現在到了盟友兌現承諾的時刻。

阿倫是第一次乘坐天馬，這位只在水裡遊過的人魚對飛到空中不僅絲毫不恐懼，還表現得十分興奮，瑟爾總擔心他會不留神摔下天馬。雖然帶上了阿倫，但是瑟爾並不打算一開始就用阿倫群體傳送的能力。不僅如此，離開時瑟爾遮住了人魚的尾巴和容貌，只把他當成一般隨行人員帶著，除了幫他打掩護的阿奇，甚至沒有任何人知道他將人魚帶出來了。

至於為什麼要這麼做，瑟爾也不願多說，他只希望自己的猜測不是真實的。

出行的第二天，瑟爾抵達了東方戰線。他們並沒有降落在前線，還是在後方的大本營降落，數百個天馬騎士浩浩蕩蕩地落地時，早有精靈迎了上來。

「殿下。」有人對瑟爾行禮，「艾斯特斯殿下現在不在這裡，我們馬上將您到來的消息傳達給他。」

「不著急。」瑟爾說，「我想先去看看阿爾維特，你們已經將他下葬了嗎？」

前來迎接的精靈眼神微暗，「不，還沒有。請您跟我來。」

阿爾維特還沒有被安葬，他的身體被放置在一張由鮮花和草編織成的草席上，身邊擺了一圈裝滿清水的罐子。這是精靈下葬時的風俗，他們認為精靈是自然女神的造物，當一個精靈離去時也會化作反哺這個世界的養分，用清水澆灌死者的遺體是葬禮上傳統的儀式。當輪迴結束時，死去的精靈會重新發芽為一株星沙草，用它的新生為更年輕的同胞們做出貢獻。

儀式的器皿已經準備好了，阿爾維特卻遲遲沒有下葬。瑟爾看到他時，年輕的精靈侍衛長雙眼微闔，神色安然，看起來宛如沉浸在甜美的夢中，下一刻就會睜開雙眼向你露出笑容，無法想像他已經被死神奪走了性命。

瑟爾在一排水罐之前停下腳步，嘆息，「為什麼不讓他安息？」

「艾斯特斯殿下說要找到行凶的凶手，才能讓侍衛長閣下瞑目。」

「瞑目？」瑟爾念叨著這個詞，恐怕執著於凶手不是為了讓阿爾維特瞑目，是為了消解艾斯特斯自己的憤怒與悲傷吧。

他記得眼前這個年輕的精靈。第一次見到艾斯特斯時，他就在精靈王儲身旁。他是那麼年輕有活力，才一百出頭的年紀，還有大把的歲月等著度過，還有許多勇敢的故事沒有創造，他卻已經死了。就像瑟爾同樣不明白，為什麼自己可以活到現在，而他的父親、朋友卻一個個死去，一個個正在走向死亡。

那神明呢？瑟爾不由得想。永生的神明難道就不會面臨這種時間流逝的痛苦嗎？不，想想悄悄瘋狂的沃特蘭吧，神明不是不會痛苦，而是那些沒有感情，不懂感情的神明才不會痛苦，都伊不就是其中的佼佼者嗎？

身後傳來了腳步聲，瑟爾以為是艾斯特斯回來了。等他回頭望去，卻驚訝地微微瞪大眼睛：「怎麼是你？」

片刻後。

「他不在這裡。」艾斯特斯對巡邏的精靈說，「阿爾維特也不在。兩個人不見了，你們難道沒有注意到嗎？」

精靈們面面相覷，眼中滿是詫異，「可是殿下，就在您過來的半刻之前，薩蘭迪爾殿下才剛抵達這裡，阿爾維特的遺體也在祭臺上。」

「有人來過。」艾斯特斯低下頭看著地上的腳印，用手丈量了一下腳印的深度，「是穿著盔甲的騎士。」他的聲音冷了下去，「都伊。」

精靈王儲再次抬首時，藍眸中已經充斥著怒火與殺意，布利安本來準備勸他冷靜一點，但此時，遠處天空中又迎來了一隊天馬騎士，他們帶來了來自南方的消息。

†††

阿奇提著魔法燈往前走，突然轉身看向轉角，眼神緊張。

那裡空無一物，在明亮的月光下，沒有任何可疑的事物可以掩藏身形。是我太敏感了嗎？法師學徒深呼吸安慰自己，又提著燈籠繼續往實驗室走去。

「伯西恩老師。」他敲了敲門，「我把晚飯帶來了。」

在他身後，月光穿透長廊，落下一道狹長的陰影。

光與暗之詩

DEAR MY THRANDUIL

CHAPTER SEVENTY FOUR

意
外

薩蘭迪爾失蹤了！

沒有什麼比這個更令人驚訝的消息了。

當消息傳到伯西恩耳中的時候，他還有些不確信，直到手中的實驗藥劑發出滋滋響聲，他才回過神來。

「他在哪裡消失？」他問傳來消息的阿奇。

「聽說是前線的一處森林裡，連精靈阿爾維特的屍體一同也不見蹤影了。艾斯特斯已經快氣瘋了，現在東方前線戰況焦灼，艾斯特斯咬定了是都伊派人下的手。」

伯西恩沉思了一會，問：「獸人沒有阻止他嗎？」

比起艾斯特斯，布利安處事更老道，遇事也更冷靜，伯西恩不相信這個老練的獸人會放任艾斯特斯衝動行事。

「具體情況我也不清楚，波利斯他們現在正在開會。」阿奇不明所以地搖搖頭，又看向伯西恩：「老師，我們的實驗還要繼續下去嗎？」

他們的實驗正進行到最關鍵的地步，再往前一步，說不定就能查出關鍵的一步。然而，瑟爾在這個時候出事，阿奇很擔心伯西恩是否還有心情繼續做實驗。

畢竟，誰都能看出瑟爾對伯西恩的特殊性。

伯西恩卻沒有第一時間做決定，甚至，他也沒有表現出特別擔憂的模樣，金髮的法師看著手中正在滋滋作響的藥劑瓶好一會，瞳孔裡閃爍著令人琢磨不透的情緒。

過了許久，直到空氣幾乎靜止，阿奇才聽見他說：「那就停止實驗吧。」

這更近乎是一句妥協。

如果說瑟爾失蹤後，艾斯特斯是目前為止最瘋狂的人，或許有點言過其實了，因為有個人比他還要憤怒，要不是有人攔著，波利斯就要搧著自己的一對大翅膀，飛去聖城找都伊算帳了。哪怕為此用掉他最後四分之一的生命，他也在所不惜。

「這是挑釁，這是宣戰！」波利斯雙眼赤紅，對於瑟爾的過度擔憂顯然已經讓他失去了理智，「我不能就這麼算了。」

他磨刀霍霍，似乎下一瞬就要率軍衝向伊蘭布林。

「這的確是挑釁，卻未必是都伊的挑釁。」大法師貝利冷靜地道，「在這種時刻，都伊為什麼要如此明目張膽地挑釁我們，也許是其他人在從中作梗。而且我也很難想像有誰能不知不覺地將薩蘭迪爾擄走，即便是都伊也不可能——除非是他自願的。」

波利斯畢竟是曾經率軍隊參與過退魔戰爭的人物，發洩過後，他大腦裡的熱血也開始退去。

「你的意思是……」

「為什麼薩蘭迪爾要主動消失在我們面前？」老法師抬起昏黃的眼睛，「您就沒想過這個問題嗎，波利斯指揮官？」

內奸。這個詞瞬間出現在波利斯腦中，他第一個想到的就是素來看不順眼的伯西恩。可隨即，波利斯自己抹去了這個想法。

伯西恩這幾日都閉門不出，又有阿奇整日跟隨，不可能有時間做出這件事。即便波利斯懷疑現在這個伯西恩可能是被冒充的，和都伊脫不了關係，但是貝利剛才說的沒錯，現在的形勢下，都伊沒有必要特地來招惹他們。光是正面戰場，光明神殿就已經應接不暇了，難道都伊不怕惹怒了南方人，波利斯一怒之下帶著軍隊投奔惡神？

那麼，是惡神在挑撥離間？

可是如果這個內奸是惡神派來的，究竟是誰呢？波利斯眼前突然閃過一張臉——人魚阿倫，那個從沉沒大陸來的變異精靈。可當波利斯想要去找阿倫時，卻被告知人魚並不在城內，這更加深了波利斯對人魚的懷疑。

與此同時，被懷疑的人魚阿倫正處在令人暈眩的顛簸中。

他被一個人影揹在背上，在山崖間攀爬，在終於落到地面後，人魚感覺自己整條魚都快變成魚乾了。他從來不知道，自己竟然是一條恐高的人魚！

「咕嚕嚕。」阿倫嘴裡發出抗議的聲音，埋怨揹他的人為什麼不讓他直接使用傳送的力量。

「噓。」前方的人影回頭，露出一雙銀色的眼睛。說話的人正是瑟爾，他看著阿倫，「在我說可以之前，你也絕對不能使用能力，明白嗎？」

人魚阿倫看著他的側臉，著迷地點了點頭，很快就忘記了自己之前的抗議。

時間回到一天之前，瑟爾在阿爾維特的祭臺旁，遇見了一個意料之外的人。

「弗蘭斯法師！」

瑟爾實在沒想到，應該和貝利大法師一起留在城內的老人會出現在這裡。

「您怎麼會在這裡？」

要知道他們可是乘坐天馬飛過來的，而不會使用傳送法術的弗蘭斯想追上他們可沒那麼容易。

「我為你而來，薩蘭迪爾。」老人沉澱著歲月的智慧眼睛望向他，「我能預感到，你身上即將發生一件大事，而那件事情或許和我有關。」

「您會預言法術？」

「不。」弗蘭斯法師苦笑道，「與其說是預言，不如說是因果。」他嘆息一聲，「活到這個歲數，我唯一後悔做的一件事，就是拜託你去為伯西恩重塑靈魂。」

回憶到這裡戛然而止，因為瑟爾遇到了意外的訪客。

「我感應到你的氣息時還不敢置信。」精靈女王荷爾安穿過荒蕪的沉沒大陸，出現在瑟爾面前，「我的孩子，你又回到這個荒蕪之地，是為了什麼？」

「您不也留在這裡嗎？」瑟爾不答反問。

「這不一樣。對你們來說，這裡是了無生機的恐怖之地，對我來說，這裡卻是充滿了回憶和懷念的故地。我生在這裡，也將在這裡隕落。」荷爾安女王說。如今，這整個沉沒大陸只留下了她和幾個忠心耿耿的深淵精靈屬下。

瑟爾對女王恭敬地行了一禮。

「陛下，實際上我這次前來是為了調查一些事，也想向您詢問一些相關情報。」

女王優雅地頷首，示意他可以提問。

「第一件事，娜迦的異變是從何時開始的？是否所有娜迦都像阿倫一樣，都擁有使用傳送的能力？第二件事，波利斯他們來到沉沒大陸時都無法使用自身的力量，這一點和外面大陸上『魔力缺失』症的患者十分相似，深淵精靈卻可以透過吸取惡魔結晶之力來獲取力量。所謂的惡魔結晶究竟是什麼？」瑟爾繼續說，「最後一件事，沉沒大陸當年真的是被惡神打落深淵的嗎？」

荷爾安沒有立即回答。

不知過了多久，在瑟爾的耐心即將耗盡前，他才聽見女王的一聲輕嘆。

「是嗎？你也已經走到了這一步。」

瑟爾只聽見黑暗中，女王冰冷的聲音傳來。

「我可以先回答你最後一個問題。你的猜測並沒有錯，沉沒大陸——西大陸當年並不是因為都伊與惡神交戰才沉沒，它是被以利親自封印的。至於原因——」女王看向他，原本碧翠色的雙眸變得一片血紅，「你不是已經猜到了嗎？是因為我們早就投向了惡魔，不再是自然女神的子民！」

與此同時，東方戰線上正在與兩軍交戰的深淵精靈們突然齊齊抬頭，他們通紅的眼凝視著前方，彷彿流淌著血液。

我們早就不再是神的子民，而是魔鬼的僕役。

「你好像並不意外。」女王低沉著聲音道。

瑟爾拉著阿倫後退一步。

「不。」他說，「我早該思考，為什麼整個沉沒大陸只有深淵精靈延續了下來。吸收惡魔結晶的深淵精靈根本不是獵物，那些惡魔才是你們的獵物，那是惡神給你們的餌食。這一千多年來，比起娜迦，你們才是異化得最明顯的精靈！」

瑟爾看著女王徹底變得灰白的髮色。

「弗蘭斯法師說得對，外貌是靈魂的投影。而容貌大變的人，靈魂也一定不再是原來的模樣了。」

瑟爾其實並不是為了深淵精靈而來，發現深淵精靈們的祕密是一個意料之外，卻也是情理之中的收穫。當他重返沉沒大陸的那一刻，胸前裝著伯西恩靈魂碎片的玻璃瓶就在不斷閃爍光芒。而那份光芒，在精靈女王出現後更加璀璨。

現在，聽女王自述完投靠惡神的話語，瑟爾想，他開始明白這是為什麼了。

千里之外，金髮金眸的伯西恩望著鏡子裡的自己若有所思。

光與暗之詩
DEAR MY THRANDUIL

CHAPTER SEVENTY FIVE

震驚

我的靈魂並不完整。

伯西恩摸著自己的胸膛，能感覺到自己的心跳，卻無法感受到靈魂的真實。鏡子裡投映出的金色眼睛閃過片刻的譏誚，似乎有個聲音在譏嘲他。

『什麼是真實？你的存在本身就是虛無。』

「是嗎？」伯西恩伸出手，挖向鏡子中的金色眼睛，「但至少在他眼中，我是真實的。」

鏡子裡的金色眼睛閃過些許惱意。

很快，鏡子裡的伯西恩閉上了眼，再睜開時那雙眼睛變成了黑色。

令人心悸的黑色。

這一次，他和「他」都沒有說話。然而直到那雙黑色眼睛消失的那一刻，伯西恩都緊緊盯著「他」。消失之前，黑眼睛只留下了一句話。

『時間不多了。』

伯西恩沉默不語。

†††

「不論您背後的人是誰，我都想和他談一談。」

荷爾安女王沒料想到在自己攤牌後，這個年輕的後輩還能如此鎮靜。她那些想要解釋的說辭和威脅的恫嚇都凝固在嘴邊，半晌，她看著這個年輕的精靈輕嘆了口氣。

這一次，她的語氣變得柔軟許多。

「你能猜到他是誰。」

「深淵之主。」瑟爾念出惡神的稱號，「祂醒了，是嗎？」

「祂並沒有沉睡。」荷爾安說，「祂只是蟄伏。在與都伊的賭局中祂輸了一次，所以這一千多年來，祂一直在為下一場勝利做準備。」

賭局？難道不是戰爭？

瑟爾不明白，這些神明究竟是如何看待彼此間的征伐。祂們千年前的一場賭局近乎毀了大半個世界，而現在，看來他們又想進行第二場。

「你不該回來的。如果被祂看到了你，你根本無法離開。」荷爾安嘆息說，「你快走吧。」

「我也不想再回到這裡，只是有一件事，我非得弄清楚不可。」瑟爾掏出懷前正在閃閃發光的小瓶子，「這裡是一個人的靈魂碎片。有人告訴我，只有在和其他碎片相遇的時候，它才會感應並發出光芒。上一次我來到這裡時，它並沒有亮。但現在，我一踏上這片土地，它就開始共鳴。而就在剛才您出現的時候，它變得更明亮了。」

瑟爾看到手中小小的瓶子中曾屬於伯西恩的一部分，就在裡面靜靜待著。

「只要弄清楚這件事，我就立刻離開。」

難道是荷爾安女王身上攜帶著伯西恩靈魂碎片的一部分？不，如果是這樣的話，為什麼他們上次相遇的時候，靈魂碎片沒有發生感應？在他離開的這段時間，荷爾安女王，甚至整個沉沒大陸都發生了什麼？

瑟爾察覺到，這裡的惡魔氣息比以前更凝重了。

精靈女王眼中露出錯愕，她經年不老的容顏似乎變得憔悴許多。

「那麼，或許它感應到的是我身上的罪孽吧。」

就在她說出這句話時，兩個精靈都能明顯感應到一股異常強大的力量正在竭盡，就像一顆流星裹挾著劇烈的火焰正朝著這裡墜落。

荷爾安女王臉色一變，連忙用手推了瑟爾一把，就在那一刻，瑟爾感覺到阿倫啟動了傳送能力。而就在離開前，瑟爾的耳邊傳來精靈女王幾聲低低的哀求。

「除了我，其他深淵精靈都不知道真相，他們只是相信我的決定而已。可我早就後悔了，在看到娜迦身上的進化趨向時我就後悔了，但那時已經來不及了。為了讓我的子民活下去，我做出了錯誤的選擇。請求你善待他們，薩蘭迪爾，不久之後，輪到你做出抉擇時，我會為你祈福……」

隱隱約約地，瑟爾好似能看到精靈女王被一團龐大的黑色霧氣吞沒，她留下的最後一句話是——不要再來深淵。

「呼！」

阿倫這一次的表現超乎平常，令人噁心頭暈的暈眩感持續了很久。等那陣暈眩感過去後，瑟爾才有餘力打量自己現在的所在地。

他……嗯，他似乎回到了不得了的地方。

旁邊有神僕捧著今日的經書匆匆走過。神殿裡人來人往，因為今日是禱告日，顯得格外繁忙。他回到了都伊的神殿——位於聖城的，有都伊親自坐鎮的那一座。

即便向來鎮定如瑟爾，此時額頭也不停冒出一層細汗，他抓住阿倫的手。

「現在，」瑟爾悄聲說，「快把我們傳送回安全的地方，去——」

他這一句話還沒說完，就被人打斷了。

「我想，世上恐怕沒有哪裡能比這一處更安全。」

瑟爾回頭，看到都伊正站在院牆的花叢旁看著他們。英俊的年輕人與花相配，不像是神明，倒像是哪裡的花花公子。事實上，祂所占據的這個驅殼的前主人本就是一位花花公子。

「我感應到有客人來訪。」都伊說，「沒想到會是這一位貴客。」

就在他欲上前一步的時候，瑟爾胸前的小瓶子爆發出令人炫目的光芒，那幾乎燙傷了瑟爾的皮膚。

都伊後退一步，光芒熄弱了一些。

「看來，有人不想我接近你。」

是伯西恩嗎？可是，是哪一個伯西恩？

都伊沒有錯過瑟爾眼中的迷惘，祂抓緊時間又開始推銷自己。

「我跟你說過，我與他其實並沒有什麼區別。我們剛醒來的時候都沒有記憶，從情感到肉體幾乎沒區別。唯一不同的是，喚醒他的人是你，所以他成了『伯西恩．奧利維』，而喚醒我的是神壇，所以我成了光明神。」

瑟爾不願意聽祂挑撥離間，因此譏嘲道：「難道你要說，如果我遇見的是你，你就會成為伯西恩，而他會成為你？」

都伊點點頭：「不論你遇見我們之中的誰，被你選中的那一個才會成為伯西恩，性格和記憶都會發生改變。」

「可笑！」瑟爾忍不住說，「難道你之所以成為你，不是因為你的經歷和記憶，而是因為我的選擇！那麼伯西恩豈不是很不幸，如果我沒有遇見他，說不定他也成為了都伊！」

「那可不一定。」都伊意有所指地說，「也許我們還有別的選擇。」

「夠了。」

瑟爾實在沒耐心和這個目前敵對陣營的首領人物交談下去。他現在十分懷疑，都伊之所以被以利扔下來做世界的養分，其中一個原因就是祂腦子不正常。

他深吸一口氣，將瑟瑟發抖的阿倫擋在身後。

「你已經抓住我了。」瑟爾十分明白現在的情勢，「或許你有一萬種方法處置我，不過也許你可以和我談一談。」

「我以為你不想和我談。」都伊的語氣裡竟然聽出了些微的委屈。

瑟爾忍了忍自己變得暴躁的脾氣，「我是想和你談正事！『魔癮』！難道你和你的神僕們不想解決它嗎？光明神閣下。」

都伊看了他一會，「可據我所知，你的伯西恩還沒有研究出最終的結果。你談判的籌碼還不夠，薩蘭迪爾。」

祂這次呼喚瑟爾的全名，語氣中少了剛才的溫柔。

瑟爾並不意外都伊能隨時得知他們的進度，事實上，他的心裡已經隱隱有了一個關於都伊與伯西恩之間關係的猜測，只是他現在逃避去釐清它，也不想去想。

「事實上，我也是剛剛才發現我們一直在繞遠路，我和伯西恩想透過初始之村的倖存的魔人男孩來研究出『魔癮』的抗體。可我們似乎忘了，在我們身邊就有一個現成的，活生生的，完美的抗體。」瑟爾微微低頭，看向茫然的阿倫，「娜迦。生活在沉沒大陸，每天被魔氣侵蝕，卻沒有失去理智的他們，難道不是最成功的『魔癮』抗體嗎？」

阿倫懵懵懂懂，不覺得瑟爾看向自己的目光有多複雜，他只是高興心上人能如此專注地望著自己，因而尾巴也甩得格外勤快。

都伊看了眼這隻醜得別致的人魚，過了半晌才道：「那你想用他做什麼交易？」

「不做交易，事實上，我們根本不需要做任何交易，進行任何研究。」瑟爾深吸一口氣，「就在剛才，我和另一個人交談，她說了『進化』這個詞。那一刻，我才豁然開朗。我們抗拒『魔癮』，排斥『魔力缺失』症的患者，我們害怕正在發生的無法理解的改變，所以不惜拋棄一切以求存活。可事實上卻沒有人想過，或許這個改變才是正常的？或許該被淘汰的不是『魔力缺失』的患者，該被懼怕的不是『魔癮』，而是我們現在這個不斷消耗能源，不斷吞噬新神明的世界？」

說到最後，瑟爾像抓住了一根泥潭中的浮木，語速越來越快，語調越來越激昂。

「或許該被毀滅的，就是現在這個世界！」

都伊為他鼓起掌。

「有趣，救世主薩蘭迪爾現在想要毀滅世界。」

「不是毀滅，是變革。」瑟爾看向光明神，終於扔出自己的底牌，「如果這個變革後的世界，你不用再成為世界的養分，那麼光明神閣下，您是否願意與我合作？」

光與暗之詩

DEAR MY THRANDUIL

CHAPTER SEVENTY SIX

他

伯西恩難得陷入一種焦躁的情緒中。

瑟爾失蹤已經兩天了，沒有一點音訊，這讓法師的耐心逐漸告罄。他可以忍受饑寒，可以忍受刀風血雨，可以忍受附加在自己身上的一切磨難，卻唯獨無法忍受沒有瑟爾的音訊，無法不去確認心上人的安危。

這是伯西恩的秉性。

這也是瑟爾賦予他的秉性。

雪上加霜的是這幾天那兩個陰魂不散的影子也不再從鏡子裡窺視他，這讓伯西恩徹底沒了從他們那裡獲取消息的可能。對方當然是故意這麼做的，目的是讓他自亂陣腳。伯西恩雖然不想承認，但是對方顯然成功了。

「伯西恩老師！」

法師學徒阿奇錯愕地看向他，注意到法師將實驗室徹底收拾乾淨了，看樣子是打算離開——不是去串門子，而是遠行的那一種。

「您要去哪裡？難道您忘記我們的實驗了嗎？」

「實驗已經結束了。」伯西恩說，「我也沒有理由留在這裡。」

「可薩蘭迪爾還在等著您的結果！說不定那是我們翻身的可能！」

法師看向他，金色的眼珠泛著冷意，「學徒，我說，實驗結束了。」

他留下這句話，就推開了門。

「那您要去哪裡？」

伯西恩沒有回答他。

沒辦法，阿奇只能說：「你總得告訴我您的目的地吧，萬一薩蘭迪爾回來了，我也可以告訴他你去了哪裡。」

伯西恩停下了腳步。

「伊蘭布林。」他說。那是他的目的地。

†††

聖城，伊蘭布林——

瑟爾上一次光明正大地立足於這座城市內，似乎已經是一年前了。自那以後，他曾經作為不受歡迎的客人闖進來過一次，他本以為意外絕不可能發生兩次，然而他現在又坐在了這裡。意外就像一個固執的車夫，總是把他命運的路途導向這座城市。

瑟爾和都伊正坐在花園裡喝茶，是瑟爾隱居的那所石屋前面的花園，他們佐著常年盛開不敗的薔薇，喝著由光明神親自沖泡的茶水，似乎只是在度過再平常不過的午後。

「你坐在這裡，還沒有把我交給你的聖騎士們。」瑟爾又抿了一口，說，「我能假設你已經考慮清楚了嗎？」

都伊沒有立即回答，祂只是觀賞者花園裡的景色，過了好一會才道：「我親眼目睹這個世界誕生生命，見證第一對因愛結合的情侶，送走第一個因仇恨死去的靈魂。我見證種子長成參天樹木，也親歷滄海變化桑田，我知道這個世界每瞬每刻的變化，如果這一切不是建立在我的性命之上，那麼也許我會對它心生憐惜。」

「但是也有人是心甘情願為它獻出生命。」瑟爾說。

「我和你父親不一樣。他有族群，有你，他受益於世界，所以自願奉獻。」都伊說，「我不是。」

瑟爾沉默了。

對於這個世界來說，都伊一直在奉獻卻從未能索取，也難怪這位神明想要反抗。如果換做一般人，恐怕早就扭曲成想毀滅世界的性格了。

都伊似乎能猜透他在想什麼，眨了眨眼：「你怎麼知道我沒那麼想過？」

「所以你派出迪雷爾，並煽動了水神。」瑟爾恍然大悟。

都伊搖搖頭，「那不算什麼，那只是我對『強權的父親』的一個小小反抗。事實上，如今我也沒有真正想毀滅這個世界，我只是想換一種方式卸下身上的負擔。」

瑟爾回想起光明神殿最近的所作所為，除了針對精靈的那一部分計畫，其他行動與其說是在毀滅世界，不如說是在不顧一切地拉攏靠近光明神殿的力量。這種拚命積蓄實力的方式，簡直就像是決戰前的最後一搏。

瑟爾不認為光靠自己和南方聯盟會引起都伊這麼大的警覺，畢竟都伊剛神臨的時候他們還幾乎什麼都沒有，不能算是值得重視的對手，那麼，引起都伊警覺的是誰？

一個名字幾乎瞬間就浮上心頭。

瑟爾恍然：「想要毀滅世界的是惡神。」

聽見這個回答，都伊臉上浮現出一絲類似微笑的表情。

「你應該慶幸第一個談判的對象是我。」他說，「如果是在那個傢伙面前，你根本就沒有開口的機會。我同意你的計畫，薩蘭迪爾，只要你能研究出變革世界的方法，解開我身上的枷鎖，我就不會再干預這個世界。」

瑟爾說：「這個好辦，只要等伯西恩的研究成果出來……」

「不能是他。」都伊說，「不能由伯西恩．奧利維來完成這個計畫，這是我與你談判的唯一一個條件。」

祂碧藍色的眸子開始變成金色，那是都伊神性的顯示。光明神警告瑟爾。

「我提醒過你，他會成為伯西恩是由於你的選擇。而沒有被你選中的那些，你覺得會是什麼後果？」

他們其中之一成為「善」，其中之一成為「惡」，「善」的那一個是都伊，而惡的那一個──則會將人拉向地獄。

瑟爾想起自己在沉沒大陸看見的那一片可怕黑霧，屏住呼吸。

「伯西恩，不，你們……究竟是誰？」

他究竟是法師伯西恩，是光明神都伊，還是惡魔的首腦深淵之主？現在想想哪怕是最初的伯西恩，身上也有種種疑點。他能使用一般人不能使用的傳送法術，可以無視神域的影響，他明明不符合神臨的資質，卻能代替瑟爾成為光明神降臨的驅殼。

在這一刻，瑟爾終於無法再逃避那些疑問，他能聽見自己的聲音顫抖著。

都伊說：「他是誰？他是我與惡神，我們二位一體的神明在一千年前的一個賭注，我們憎恨這個世界，卻被親愛的父親囚禁在這個世界。我們不明白，為什麼以利愛這個世界勝過愛我們，所以我和深淵之主打了一個賭，我們化出一個分身去親自體驗這個世界。

在一千年前，這個化身誕生於世。這一千年來，他曾是乞丐，曾是國王，曾是妓女，也曾經流亡。三十年前，我們被以利察覺，只能切斷與分身的連繫，直到即將神臨你的那一天，我親眼見到他，才知道這一世，他是一個人類法師。」

「所以……他一開始就不存在嗎？」瑟爾啞著聲音問，「伯西恩只是一個幻影，只是你們的傀儡。」

都伊眼中浮上憐惜。

「我和惡神曾是一個整體，之後被一分為二，來維持這個世界的正反兩面。自從分開後，我就是我，祂就是祂。你也可以這麼理解，自從分身獨立於我們之後，伯西恩就是一個獨立的個體。」

「……那他現在還存在嗎？我見到的那個伯西恩究竟是什麼？」

「他是伯西恩．奧利維。」都伊說，「在我降臨伯西恩軀體的那一刻，一股難以言喻的力量將我們的意識重新融合了。那一刻，你認識的那個伯西恩被一分為三，對權力的渴望、對自我的偏執和對你的鍾愛，三份秉性被不同的個體繼承了。我繼承了權力的那一部分，留在你身邊的是鍾愛，剩下的那一個則是偏執。」

都伊突然笑了，這個笑容帶著一點伯西恩式的不懷好意。

「你可以想像，有一個沒被你選中的傢伙繼承了偏執的秉性，他極度自我，又掌握強權。當他遇到現在這個好運的『伯西恩．奧利維』時，會發生什麼可想而知。」

瑟爾突然打了一個冷顫，猛地站起身來。

就在這時，一個意料之外的訪客打斷了這場祕密談話。

「我就知道你在這裡！」

紅龍從天而降的時候，身上還掛著未熄滅的火星，牠就像一顆流星從半空中帶著隆隆的雷聲下墜。

「我八百里外就聞到人魚的腥味了！」雷德大聲道，「我就知道一定有鬼，人魚突然出現在聖城肯定和都伊脫不了關係！果然你也被這個卑鄙的傢伙抓過來了，薩蘭迪爾！」

「這隻小龍有著比狗還靈敏的鼻子。」都伊看著雷德在他們面前墜機，淡定道。

「你這個邪惡的神明！」雷德抬起長脖子，身上因為強制闖入神明的結界而傷痕累累，「你抓走了特蕾休，殺害了精靈阿爾維特，現在還對這個傢伙動手！」

瑟爾聞言一怔，「你說特蕾休！」

「那是真的，薩蘭迪爾閣下！蒙特從南方傳來消息，他們查明特蕾休失蹤那天有一名都伊聖騎士離開了南方的邊境！」跨坐在雷德背上的哈尼氣喘吁吁地道，「嫌疑最大的就是光明神！」

面對瑟爾懷疑與警惕的眼神，都伊不以為然，祂只說：「看來，最偏執的那個傢伙已經忍耐不了了。而我的一個騎士，也背叛了我。」

都伊看向瑟爾。

「或許在你想出變革的方法前，世界要先一步毀滅了，薩蘭迪爾。」

光與暗之詩

DEAR MY THRANDUIL

CHAPTER SEVENTY SEVEN

祂

都伊料想的沒有錯。

事實上，有人比都伊更早預料到局勢的變化。當特蕾休和薩蘭迪爾接連失蹤，所有的證據都指向光明神和祂的聖騎士的時候，波利斯就察覺到了一絲陰謀的氣息。而等他終於明白是惡神在從中作梗時，為時已晚。

精靈與光明神殿在東方戰線對線時，深淵精靈集體失控反噬，雙方都因此損失慘重。而深淵惡魔們趁此機會一舉入侵，將整個東部拿下。東部淪陷，艾斯特斯和布利安也接連失去了消息，局勢十分不利。雪上加霜的是，波利斯在這時候聽到阿奇緊急彙報，伯西恩離家出走了。

「你開什麼玩笑？」波利斯看著年輕的法師學徒，「這時候就算他想走，抱著他大腿也得攔著！」

「我攔了啊，可是我根本不是伯西恩老師的對手。」阿奇無奈道，「而且他跟我說他想去找薩蘭迪爾，我也沒有理由攔啊。」

「他說要去哪裡找瑟爾？」

「聖城。」

波利斯思索了一會，回頭招來伊特天馬騎士嘀嘀咕咕一會，又對阿奇道：「去找你的祖父吧，至少你還能在法師團裡派上點用場。」

阿奇吃驚地指著自己，「我，進法師團？不好意思，我能問一下現在團裡有幾名法師嗎？」

「你、你的祖父，還有弗蘭斯法師。你們三人是我們現在僅有的法師。」波利斯看見阿奇聞言後露出一臉絕望的表情，聳了聳肩，「既然是你放跑了法師團的最大戰力，你就得頂上去。放心吧，年輕人，到了戰場，你就會發現無論自己是不是一名優秀的法師，區別都不大。」

阿奇試探著問：「為什麼？因為區區三人的法師團影響不了戰局？」

「因為死亡會公平對待每一個人。好法師、壞法師，死了都是一堆白骨。」波利斯故意對他這麼道。

阿奇抗議：「不！我還不想英年早逝。」

波利斯哈哈笑了一下，借戲弄阿奇抒發了些許鬱悶後，他正想安慰一下眼前這個年輕人，又有天馬騎士帶來了新的壞消息。

「指揮官！紅龍——」那天馬騎士喘著氣，一臉焦急，落地時差點從自己的座騎上摔下來，「紅龍剛剛飛走了！」

波利斯雙目圓瞪，過了半晌才無奈又無力道：「這一個兩個，都得了什麼毛病？」

紅龍雷德並沒有得什麼毛病，他只是嗅覺太好，千里之外就聞到了瑟爾的味道，又脾氣太急，除了哈尼，沒跟任何人說一聲就擅自前往聖城。而另一個離家出走的人雖然不像雷德有這麼好的嗅覺，卻也憑蛛絲馬跡判斷出了瑟爾可能的去向。不過，他倒是得了病，得了一種一旦牽扯到心上人的安危，就會失去理智與冷靜的相思病。

因為伯西恩在靈魂被分割的時候，失去了使用傳送法術的能力，所以他最初的計畫是借用法師協會的傳送陣前往聖城。之所以用「最初」這個詞，是因為有人半路攔住他，強迫他改變了初衷。

或許，那不能說是一個人。有人稱呼它為夢魘，有人稱呼它為恐怖，也有人喚它作死亡，它在這個世上有太多的名字，而最廣為周知的——人們叫祂深淵之主、惡神。

然而從外表來看，祂卻只是一個再普通不過的年輕人——除了和以前黑髮的伯西恩長得一模一樣這一點。

『時間不多了。』

藏在黑霧裡的深淵之主探出蒼白的臉龐，在法師耳邊低語，在看到法師臉色一變後，祂滿意地抬起右手，讓黑霧籠罩住兩個人。伴隨著黑霧散去，兩人的身影一同消失在了荒原上。

†††

瑟爾從來沒有想過，自己有一天會真的同意和都伊合作。他也沒有想過，自己還能光明正大地出現在伊蘭布林城。

與他有同樣想法的顯然是城內的那些神僕們，他們目瞪口呆，注視著站在都伊身邊的銀髮精靈。唯一顯得冷靜一些的，只有光明聖者了。這位已經活了超過人類平均歲數的老人，在看到薩蘭迪爾後竟然波瀾不驚地問候了一句——「瑟爾叔叔。」

就好像他們還沒有反目，就好像瑟爾還是一百五十年前初來聖城時，那個溫柔細心照顧他的騎士。

他因為光明神而結識了瑟爾，又因為光明神背叛瑟爾。然而此時再看向他，瑟爾卻只能注意到他滿頭的白髮和遍布臉龐的老年斑。那個小男孩已經老去了。

精靈微不可聞地嘆了口氣。他邁步走過光明聖者身邊，卻沒有回應對方的那一聲呼喚。

「正如你所見。」

都伊帶著瑟爾穿過神殿，來到內城的制高點。祂一邊修復雷德造成的結界破損，一邊為瑟爾解釋現在伊蘭布林城的情況。

「這就是伊蘭布林現在的情況，一堆老弱病殘。」

修復結界對都伊來說並不是什麼難事，祂抬手間，就在整個聖城上空織成了一張巨網。

「我記得聖城可不只這麼多人，你那些冠絕大陸的聖騎士呢？」瑟爾質疑說。

「那有什麼用呢？他們都不在這裡，而且他們之中還出現了叛徒。我將大部分的聖騎士調往各地，其中絕大部分去了東部。」都伊說，「不過前往東部的那一批，我想已經沒必要將他們當成戰力了。看。」

祂手指著東邊隱隱發黑的天際，對瑟爾道：「祂已經上岸了。」

瑟爾凝眉望向東方，有些憂心艾斯特斯他們的處境。

「惡神究竟想要做什麼？」

「我不知道。」都伊說。

瑟爾用明顯不信任的眼光看向祂。

「別這麼看我。」都伊微微別過頭，許久，瑟爾聽見祂嘆了口氣，那是在光明神身上很少看見的情緒。

「我的確不知道。」都伊說，「人類可以猜到另一個人的想法，卻永遠無法明白一隻野狗、一朵花的想法。你可以這麼理解，我和你都有理智、底線，所以我們可以合作，然而祂被父親關得太久，本身又繼承了黑暗的秉性。經歷了上次的分裂後，祂的情況更惡化了，我不能猜透祂現在的意圖。」

瑟爾淺色的眉毛微微挑起，「難道惡神不也是想要擺脫以利的控制嗎？」

「擺脫父親的控制有很多種方式，我想祂選擇的是最惡劣的那一種。」

比如，毀滅這個世界。

「所以你選擇的那一種方式就不惡劣了？」一個桀驁的，帶著明顯嘲諷的聲音從他們身後傳來。

都伊和瑟爾不用轉身，也知道是雷德。

紅龍已經換了一身衣服，不像剛闖進聖城時那麼狼狽。然而，他此時雙眼中跳動著的火焰，讓人不禁擔心他是否隨時會做出更加衝動的事。

「特蕾休失蹤，你可以詭辯不是你做的，東部淪陷，你可以說是惡魔的陰謀，但是我們呢？」雷德怒吼道，「與迪雷爾一同設下計謀，謀害我同胞性命的人，難道不是你嗎！還是你要說，這也有什麼苦衷！」

「雷德……」瑟爾忍不住開口。

「住口！」雷德把怒氣轉向精靈，「你現在和祂同一個戰線，你也要和祂合作，勸我放下同胞的仇恨嗎！」

瑟爾心中微微一刺。

「雷德，薩蘭迪爾閣下絕不是這麼想的。」

跟在紅龍身後的哈尼小心翼翼地拉了他一下，卻被紅龍甩開手臂。

紅龍怒視著光明神，「別想這筆帳可以一筆勾銷！」

都伊看著衝動而年輕的紅龍，又看著顯得內疚和無奈的瑟爾。

「那的確是我做的，實際上我也不後悔。」光明神的聲音帶著晨風的涼意，「我倒是欣賞你的勇氣，紅龍。不過，誰給了你指責敵人的底氣？難道你還指望我對自己的行為悔過，對你感到抱歉嗎？」

雷德愣了一下。

「我利用迪雷爾，利用沃特蘭，只是計畫的第一步。事實上，我正在進行計畫的第二步，並隨時可以進行第三步。我說惡神想毀滅世界，可並沒有說，我不想毀滅世界。」都伊金色的眸子看向年輕的紅龍，「如果不是薩蘭迪爾讓我看見了另一種可能，你們此時面臨的就是兩個想要滅世的神靈，你也根本不會有機會站在這裡指責我。你能活到現在是因為薩蘭迪爾，而你的族人會死亡，不是因為薩蘭迪爾保護了你，而是因為你自己弱小到無法保護他們，無法戰勝我。」

都伊笑了笑，看著雷德突然變得慘白的臉色，「躲在別人的羽翼下享受著保護，又痛斥保護你的人為什麼不幫你解決所有的問題。這種感覺，是不是很暢快？」

「我……你、可惡！」雷德晃了晃，炙熱的雙眸變得無措，最後他匆匆看了瑟爾一眼，大吼一聲離開了高臺。哈尼急忙跟著他。

「現在。」都伊轉身對瑟爾道，「我們可以繼續談合作了。你在看什麼？」

「沒什麼。」瑟爾收回了目光。

為什麼在剛才那一瞬，他真的在都伊身上看見了伯西恩的影子呢？

光與暗之詩

DEAR MY THRANDUIL

CHAPTER SEVENTY EIGHT

他們

阿奇正在整理伯西恩離開後的實驗室。

坐在他的對面是那個被他們用來進行「抗體」實驗的魔人男孩。魔人男孩睜著一雙好奇的眼睛，看著法師學徒在實驗室裡忙裡忙外，時不時咬一口手裡的生肉，而阿奇忙碌於收拾伯西恩留下的爛攤子。

伯西恩幾乎什麼都沒帶走，他說要去找瑟爾，連實驗室都放下了。阿奇至今也想不透，那天伯西恩為何能狠下心終止實驗，無論他怎麼勸都不改變主意。

「這裡……嗯，差不多收拾好了。」

收拾完實驗室，阿奇坐在空蕩蕩的房間裡發起呆。想當初，剛發現部分魔人身上可能攜帶「抗體」，而這些抗體又能克服「魔癮」時，他們是多麼歡呼雀躍啊，好像光明的道路突然在眼前展開。然而如今人去樓空，一切都顯得淒涼。

阿奇坐在空曠的實驗室內喃喃自語，「要是能研究出『抗體』就好了，現在外面都是失控的魔人，正常人隨便被他們咬一口不是死路一條，就是同樣被感染成魔人。要是我們能成功研究出抗體，哪需要總得龜縮在城裡。」

魔人男孩聽不懂他在說什麼，只是又咬了一口手裡的生肉。阿奇聽見聲音，又看了他一眼。

「實在不行，我們也可以研究出什麼方法啊，至少能讓其他魔人像你這樣安安靜靜的，不會隨隨便便出去咬人。嗯？對了，我怎麼沒想到這個呢！」

他上前抓著魔人男孩的手臂，激動地搖著。

「咬？對，就是咬！既然『魔癮』能透過撕咬傳播，那為什麼『抗體』不能透過同樣的方式傳播呢？」他熱情地看向魔人男孩，「被你咬了一口的人會不會也自帶『抗體』，不會像其他魔人那樣發狂呢？」

「我怎麼沒想到這個呢，我怎麼沒想到這個呢？」阿奇自言自語，「多麼簡單的方法啊，我們一試就知道結果了。嗯，現在去找個實驗體讓你咬一口呢？」

喀嚓一聲。阿奇感覺手臂上一陣鈍痛。

他低頭一看，只見魔人男孩正咬著他的手腕，不滿地瞪過來。這個男孩並沒有完全恢復身為人的理智，更多時候就像是一隻小野狗，而打擾到小狗吃飯的阿奇自然被咬了。

「好吧。」阿奇收回手，拉起袖子，仔仔細細地看著手臂上逐漸滲出血的咬痕，「至少這下，我不用煩惱該去哪裡找實驗體了。」

†††

「他把自己關在實驗室？」波利斯聽到消息，看向坐在自己對面的老人，「您不去看一眼嗎？」

貝利大法師作為戰線內目前實力最強的法師，每天有一堆忙碌的任務，此時他聽見波利斯的問話，也只從事務抬起頭來，不鹹不淡地道：「這樣的日子也沒幾天了，就讓他待著吧。」

波利斯挑了挑眉，「聽起來，您在抱怨我不該派他去前線。」

貝利大法師終於停下了筆。

「我是該抱怨。那是我唯一的孫子，你卻試圖把他送到危險的戰場上。」老人嘆息說，「可是我無法抱怨。我知道即使讓他像一個懦夫一樣躲在我身後，只要我們輸了，他早晚也會面臨同樣的結局。」

「您很理智。」波利斯讚賞說，他看了眼手裡剛收到的信件，「不過現在就預言我們會戰敗，有點太早了。」

老法師抬頭望向他，又望了望他手中的信封，「除非你有什麼別的好消息。」

「是的。」波利斯用手指彈了彈紙張，「有一位出乎意料的盟友。這算是好消息吧。」

都伊和薩蘭迪爾的結盟比任何一個消息都令人感到意外，卻也彷彿在意料之中。畢竟，在瘋狂又隨時會毀滅世界的惡神面前，任何仇怨似乎都沒那麼重要了。有這兩位重要的人物作為模範，各個地方殘餘的勢力紛紛建起聯盟，並前來投靠。可以說加入「薩蘭迪爾&都伊陣線」是目前人們唯一能看見並求得生存的方法。人們做最後一搏，將各地的魔癮控制在最小的範圍內，而他們最終的目標——就是東方深淵。

這一段時間以來，瑟爾忙著在各地清繳惡魔，雷德還是不願和他說話，伯西恩依舊毫無蹤跡。關於這一點，瑟爾尤其感到焦灼，卻毫無辦法。法師是在外出尋找他的路途上失蹤的，用都伊的話來說，他很可能是被惡神擄走了。

「除非你直接打到祂的大本營，還有一絲找回他的機會。」都伊說，「不過，我勸你不要抱期待。」

同時因為種種原因，「抗體」的研究被耽擱了，然而都伊並沒有撕毀他們的盟約。在解決發瘋的惡神之前，我可以暫時不對你的計畫進行考核。都伊是這麼說的。都伊的守約，或許能稍稍安撫一下瑟爾浮躁的心情。他們繼續一路向東，帶著由人類、矮人、獸人、精靈組成的部隊，達到了東部深淵的最前線——也是艾斯特斯、布利安他們失去蹤影的地方。

當瑟爾又一次回到這裡，他揹著長劍走上山頂，俯瞰遠處已經化為廢墟的村落，突然生出了一個疑問。

「那個時候，為什麼你要殺了所有初始之村的魔化人？」

都伊最近與他形影不離，聽見這個問題，眉頭都沒皺一下。

「我那時候並不知道有別的方式能讓我獲得自由。魔人是祂的棋子，而驅除魔人能讓我獲得更多屬於自己的棋子。」說著，都伊嘴角露出一個有些諷刺的笑容，「可那時候我和祂都不知道，就是這些魔人，最後會成為我們獲得自由的希望。」

瑟爾安靜了下來，他想起一個很久都沒有想起的名字——以利。作為眾神之神，世界的造父，祂究竟有沒有察覺到初始之村這些保有理智與情感的魔人，原本會成為變革世界的星火？還是祂知道，卻選擇讓都伊和惡神自作自受，親手毀滅能拯救祂們的希望？

瑟爾不敢細想下去。

然而此時，在無人知道的角落，有人爆出了狂歡的呼聲。

「成功了！」阿奇對著鏡子，仔細看著自己臉上逐漸淡去的紋路，「我的『魔癮』症狀已經全部消退了，可我還是我！『抗體』成功注入了！」

他興奮地抱起魔人男孩，在對方臉上熱情地啃了好幾口。可隨即，他又陷入下一個疑問。

「是血起了作用嗎？還是唾液？不行，我得再仔細研究研究。」

在收集了好幾瓶自己和魔人男孩的血液和體液後，阿奇又陷入了沉思。他早就明白要想到這個方法並不難，只是一個思維上的盲點。既然他可以想到，那麼伯西恩應該早就想到了才對！

為什麼伯西恩沒有進行實驗？為什麼伯西恩甚至沒有告訴任何人這個主意？

想到伯西恩對於終止實驗的強硬態度，阿奇突然發現在他的老師身上，或許還藏著許多他不知道的祕密。

「算了，我先去把這個好消息先告訴祖父他們！」他放下手中的試管，拿起放在桌上的魔法燈就準備離開實驗室。

「咦？」

他突然停住了腳步，因為法師學徒突然發現，他提在手中的魔法燈沒有像以前一樣被他體內的魔力點亮。看著手中安安靜靜、毫無動靜的魔法燈，一個詞突然闖入阿奇的腦海——魔力缺失。

法師學徒明白，從此以後，他再也無法使用法術了，他再也不能成為一名真正的法師。即便是從來不想成為法師的阿奇，乍一發現這個事實，也是失神了好一會。

可沒過多久，他又不在意了。

在活命和使用法術之間，誰會選擇後者呢？而且當身邊所有人都注射了「抗體」，大家都不再能使用魔力，那「魔力缺失」也不會是讓一個人受盡歧視的理由。

他甚至心安理得地想，這下子我終於有藉口不用繼承祖父的衣缽啦！

阿奇哼著小調，轉身推開了房門。

門口，一張笑臉早早等著他。

「好久不見，阿奇·貝利。」

光與暗之詩

DEAR MY THRANDUIL

CHAPTER SEVENTY NINE

時間到了

「好久不見，阿奇．貝利。」

阿奇看著眼前這張意想不到的面容，第一次感覺世上或許真的存在著神跡與神明（虔誠的知識信仰者——法師們，不認為都伊那樣的強者算是『神明』，以利勉強算是半個）。

「怎麼會是你？」他因為過度驚訝，瞳孔劇烈收縮。

對方微微一笑，慢慢走近他。

書房內，貝利大法師突然站起身。他緊握著法杖，臉上露出焦急的表情，注意到波利斯投來的疑惑目光，他一邊匆匆往外走一邊解釋道：「我感應到護身符在燃燒，阿奇出事了！」

看見貝利大法師那憂急的表情，波利斯也起身追了上去。他們走到法師塔下時遇見了守衛在那裡的士兵，上前詢問。

士兵說：「我們沒有看到任何外人上了塔。」

兩人對視一眼，更加快腳步往樓上走去。貝利大法師的背已經有些傴僂了，卻跑得比正值壯年的波利斯還快，巨鷺騎士只能緊緊跟在他身後，一手按在武器上以隨時準備保護老人。然而當兩人踏上旋轉階梯的最後一階時，一種莫名的衝擊驟然從空氣中鑽進波利斯的心臟，讓他的腳步一頓，也因此落後了老法師一步。

等波利斯從那莫名的感覺中回過神，正準備追上去時，聽到了爺孫倆的對話。

「你在這裡做什麼！」貝利大法師有些生氣道，「剛才有誰來過？」

「沒有，祖父，你生什麼氣？」阿奇有些莫名其妙的聲音也隨之傳來。

波利斯輕輕往前踏一步，就看見了祖孫兩人對峙的場景。

阿奇站在實驗室的門口，衣袍不整，看上去有些滑稽。而貝利大法師抓著他的手臂正準備叱問，臉色隨即又是一變。

「你……」老法師不敢置信地望著自己的孫子，好一會才道，「為什麼你身上沒有了魔力？」

他不信邪似的，抓住阿奇的手腕又試探了一會。

「你沒有了魔力。不，你的體內再也無法儲存魔力。」作為一個專業的法師，貝利很快判斷出了阿奇的現狀，他卻不願意相信。老人望著自己的孫子，眼中竟然流露出了比擔心阿奇的安危時還要深的痛苦。

「你到底做了什麼，讓自己成了一個廢人！」

阿奇的樣子看上去像有點愧疚，不過他依然為自己辯解，「這只是『魔力缺失』，我只是不能使用法術，又不是什麼都不能做，怎麼能說我是廢人呢？」他嘀嘀咕咕，眼見貝利大法師的臉色越來越難看，才解釋道，「我收拾實驗室時，不小心被『他』咬了一口。」

波利斯和貝利大法師臉色齊齊一變。顯然，他們都明白這個「他」指的是誰。

「不過我並沒有魔化。」阿奇緊接著道，「只是醒來以後，就失去了魔力。您應該慶幸的，好歹我沒有變成一個失去理智的怪物。」

貝利大法師已經不知道該如何組織語言了，他眼神絕望又淒涼，伸出手似乎想要用力握住什麼，最後卻只瞪了阿奇一眼，甩袖下樓。

「我讓他失望了。」阿奇望著老人的背影，「他一直希望我成為比他優秀的法師，可我們都知道，這根本不可能。」

波利斯關注的卻是另一點，他仔仔細細地觀察阿奇，注意到這位前法術學徒確實沒有魔化的徵兆，便問：「你知道自己是怎麼倖存的嗎？如果你能找到原因，說不定我們就能找到『抗體』，獲得克服『魔癮』的辦法。」

他敏銳地察覺到阿奇或許並不只是好運。

前法師學徒在波利斯的注視下，沉默了好一會。

「我不知道。」阿奇說，「我也想找到原因，可我已經成為一個『廢人』了，如你所見，我無法再進行任何法術實驗。」

波利斯下意識地多看了他一會，許久才道：「好吧。至少你得到了一個好處，比如不用再進法師團。」

阿奇笑了笑：「這可算不上什麼好處，我可能要因此被家族除名了。」

「相信我，你的祖父沒這麼狠心。」波利斯上前拉住少年的肩膀，拍拍他的手臂，

「現在既然沒事，就跟我回去吧。這段時間你閉門不出，錯過了很多大消息。我們失蹤已久的薩蘭迪爾閣下不僅回來了，還為我們帶來一位強大的外援……」

阿奇驚喜道：「是誰？讓我猜猜，難道是以利？」

「這恐怕得讓你失望了。」

波利斯帶著阿奇踏上向下的階梯，在轉過牆角的最後一刻，他又下意識地回望了實驗室門口一眼。他有一個錯覺，好像在那塊不大的空地上，有什麼隱藏的身影正靜靜注視著他們。

†
†
†

「薩蘭迪爾與都伊合作，現在已經打到了東方前線。」

黑暗中有人帶來了這個消息。他的尾音帶著一貫的上揚，讓旁人聽起來總覺得不愉快。

利維坦看向他對面的人：「你覺得這個消息能不能讓我們的大人從閉關狀態中出來，老朋友？」

被他稱作老朋友的是一個面色蒼白的騎士，憂鬱使他的英俊褪了顏色，卻將他的雙眼淬煉得好似一對魂火。他看了利維坦一眼，沒有回答。

「讓我想想。」利維坦不懷好意地換了一個問題，「這兩位，一個曾是你的老東家，一個是你憧憬的前輩。而你曾為了虔誠的信仰，背叛可憐的薩蘭迪爾，現在，你出乎意料地背叛了他們所有人。怎麼樣，伊馮騎士，感覺如何？如果此時有人說你信仰的是背叛本身，想必你也不會反對吧。」

前光明聖騎士團長的眉間幾不可見地流露出一絲痛苦。

「信仰。」他說，「根本不存在信仰，我只是都伊玩弄的一顆棋子，沒有人會關心棋子的命運。」

「他們根本沒有人關心你。」利維坦故意說，「卻要你承受許多不該承受的束縛。你想要的是公平的世界，都伊根本漠不關心。你在意的人，成了都伊的養分和軀殼。這個世界本身就是畸形的。」

「唯有打破這個世界才有新的開始。」伊馮說出利維坦引誘他墮落時的臺詞，「因為就連神明也不會拯救我們。」

利維坦低聲蠱惑道：「不，深淵之主會拯救你。只有毀滅，才是拯救。」

吱呀，陳舊的金屬碰撞聲。

在他們身後的黑暗中，似乎有一道無形的門正在緩緩打開。

『我聽到有人，在呼喚我的名。』

那人從黑暗的門中伸出一雙手，那雙手抓住了無形的煙霧，將它們掌控在手心。

「大人！」利維坦驚喜地道，隨即恭敬虔誠地低下了頭。

伊馮打了個冷顫，不敢與那雙眼睛對視，也因此，他錯過了發現那雙眼睛裡許多熟悉光影的機會。

『時間到了。』

「時間到了。」

瑟爾騎在戰馬上，看著遠處被瘴氣和黑霧充斥著的林地。就在那一刻，蓬勃的黑氣汩汩而出，似乎要將這天地一同吞噬。瑟爾握住了劍柄，都伊憑空出現，拉住了他的馬韁。

「我感覺到了氣息。」光明神說。

「誰？」

「伯西恩和惡神。或許，現在你可以將他們看成是一個整體。」

一種痛苦驟然抓住了瑟爾的心臟。他明白自己終於徹底失去了機會，一個能與人攜手同歸，一個能獲得永遠專屬於「瑟爾」歸屬的機會。

「上！」

薩蘭迪爾揚起韁繩，衝上戰場。

光與暗之詩
DEAR MY THRANDUIL

CHAPTER EIGHTY

目之所至

不管外面的風雨是如何滔天滅地，如何聲勢龐大，被囚禁在囚籠裡的人都是毫不知情的。

艾斯特斯已經在這個迷陣裡遊蕩了無數遍。他不知道自己被困在這裡多久，然而即便已經能數出這個陣法每個角落總有多少粒沙塵，也依舊找不到出去的方法。他的精靈部下們和他一同被捲入迷陣，不過他們並沒有長期抵禦瘴氣的力量，艾斯特斯用最後一點力量將他們的時間封印住，讓他們在安全的地方沉睡，做完這一切後，他自己也幾乎沒有餘力了。

他還不放棄，繼續尋找出路。

在他又一次跨過迷陣裡的泥沼的時候，遠處的黑森林裡傳來了野獸的嚎叫。那聲音迷茫、痛苦，充斥著絕望。艾斯特斯望著嚎叫傳來的方向，那些獸人們的處境比精靈更糟糕。他們更難以抵禦瘴氣的侵襲，可能正在一點一點失去理智，隨時會踏入自相殘殺的深淵。

或許有些不應該，但艾斯特斯還是慶幸，一片不大的泥沼隔開了黑森林和草原，讓他的部下不用與發狂的獸人們正面相對。這既是精靈們的幸運，也是獸人的幸運。否則，一旦親眼看到有獸人對自己的伙伴出手，艾斯特斯不確定自己還能保持理智。

那些嚎叫聲還在不斷傳來，艾斯特斯有時候會忍不住想，那些聲音的主人中是否會有布利安？這位向來強大又自制的獸人，是否也迷失了自己的理智？畢竟，當天馬騎士送來特蕾休失蹤的消息候，布利安的臉色可說不上好看，關心則亂。

想起特蕾休，艾斯特斯心中又湧上酸澀的情緒。他迫使自己從那個情緒中抽身，繼續尋找離開的辦法。而每一次尋找，最後等來的都是失望。這個迷陣完美無缺，除了神明，艾斯特斯無法想像還有誰有這樣的能力。

可現在他已經不認為布下這個陣法的是都伊了，因為在迷陣出現的那一天，和他們作戰的光明聖騎士是最先遭受侵蝕的——那個沼澤就是所有聖騎士的墳墓。

然而，現在才明白這是挑撥離間之技已經晚了，而且敵人從一個神明換成另一個神明，對艾斯特斯並沒有什麼區別。只是他想不通，惡神為什麼不像殺死光明聖騎士那樣殺了他們。他留著他們的性命，難道還有別的用處？就在這一瞬間，艾斯特斯想起了薩蘭迪爾。

然而，這個一閃而過的念頭讓他更迫切地想要尋找出口，他不想成為他人用來威脅薩蘭迪爾的把柄。生平第一次，艾斯特斯向自然女神以外的神明祈禱。

「眾神之神，萬物之父，以利。如果您能聽見我的祈求，無論是生存還是死亡，希望您能將我們從這裡解放。」

他虔誠地禱告了許久，沒有任何改變。這讓艾斯特斯有些失望，果然神明和人類並沒有區別，都是自私自利的，以利也不例外嗎？他更對自己感到失望，竟然將希望寄託在他人身上，這是懦夫的做法。

艾斯特斯揹起長弓，紮起銀髮，再一次試圖用自己的雙腳去丈量這個迷陣，尋找逃脫的方法。就在此時——

怦通！有什麼東西掉進了身後的泥沼裡。艾斯特斯只回頭看了一眼，下一刻就拋開長弓，不顧自己剛整理乾淨的儀表，一頭栽進汙濁的渾水中。

當他把不幸的落水者從泥沼中拉出來時，他們身上都沾滿了汙濁的黑泥。艾斯特斯俊美的容顏沒有因此受到分毫減損，他的怒火也沒有。

「妳為什麼會在這裡？」他拎起自己懷中的小女孩，「妳失蹤了多久，知道布利安有多擔心妳嗎？」

「咳咳咳。」

被他救起來的人渾身沾滿了黑泥，像個小黑泥鰍，只有當她抬起眼望過來時，艾斯特斯才猛然發現——時間竟然已經過了這麼久嗎？是一年還是兩年？或許更久。

精靈對人類時間的感知有些模糊，初見時那個瘦弱的小女孩，此時竟然已經有了少女的模樣。特蕾休眨著一雙明亮的銀黑色眼睛，似乎有些困惑為什麼會在這裡遇見艾斯特斯。

「我在找瑟爾。」她說，突然站起來四處環顧，「瑟爾呢？」

她渾身是水，瑟瑟發抖。

艾斯特斯嘆了口氣，拉著她坐下來。

「他不在這裡。現在妳先告訴我，妳為什麼會在這裡？有人通知我們說妳被光明神殿的人抓走了。」

「瑟爾不在這裡？」特蕾休看著他，雙眼裡流露出失落，艾斯特斯下意識地有些不敢看。

不知道為什麼，他感覺眼前的女孩已經不再是那個懵懂的女孩了，她好像一夜之間成長了許多。實際上也的確如此，狼女孩說話已經不再支支吾吾，帶著孩童的稚氣，她有了一番自己的奇遇。

「我被壞人抓走了。」特蕾休說，「我聽到他們要對瑟爾做壞事。我想逃出來告訴瑟爾，半路上卻被他們發現。在他們要抓住我的時候有人救了我，送我來見瑟爾。」

特蕾休有些不滿意，「可我見到的卻是你。」

因為狼女孩最後有些嫌棄的一句話，艾斯特斯莫名有些不愉快。不過，他此時更關注另一點。

「誰救了妳？」

精靈王儲沒有想到，他會從狼女孩嘴裡聽到曾以為再也不會聽見的名字。

†††

「阿爾維特。」阿奇對著空曠的房間輕輕地喊，「你在嗎？」

空氣波動了兩下，似乎有人在回應他。

「我今天才聽到消息，薩蘭迪爾竟然和都伊結盟一起去了前線，他們馬上就要和惡神決戰了。」阿奇有些躊躇不安，「我瞞著他們好嗎？我是不是該立刻告訴他們？」

空氣中似乎有一道波紋閃過，隨即阿奇聽見了一個回答。

「這是神明之間的對決。」那熟悉的聲音正是被眾人以為已經死亡的阿爾維特，他說，「你找到了解決『魔癮』的良藥，但相信我，現在不是告訴他們的時機。等戰爭有了結果，如果薩蘭迪爾贏了，你自然可以告訴他這個好消息。如果薩蘭迪爾輸了，你就潛伏下來，尋找新的機會將『抗體』傳播出去，不想被有心之人利用，就不要暴露這件事。」

阿奇覺得他說的有道理，自己只是找到了一種病症的解決方式，又不是掌握了影響戰局的關鍵。早一點或晚一點告訴薩蘭迪爾他們沒什麼區別，他是這麼認為的。

然而他不知道，他掌握的正是改變世界的關鍵。

「你為什麼不出現呢？阿爾維特。」阿奇又問，「大家都以為你死了，艾斯特斯可傷心了。不過還好有你在，雷德他跑出去了，哈尼跟著他，其他人都在各地作戰。我現在被祖父關在這裡，如果連你都不在，我大概會悶死。」

許久，阿奇聽到阿爾維特問：「你想出去嗎？」

「當然！所有人都在奮戰，就我一個閒著沒事是什麼道理！」

「放心吧。」阿爾維特輕聲說，「到你出場的時候，我會讓你出現的。」

只是現在，還不是時機。

對瑟爾來說，時機已經到了。一鼓作氣的道理他再明白不過，所以當決定攻打惡神之後，他就再也沒有猶豫，用盡全部力量與東線的惡魔們對戰，可靠的盟軍讓他克服各種困難，但真正到了決戰時，瑟爾卻選擇讓所有人留在原地，自己獨身前往。

「瑟爾？」

「薩蘭迪爾！」

半精靈們、薔薇騎士們，還有其他朋友都不認同瑟爾的的做法。

「那很危險。」半精靈蒙特說，「我們好不容易打到了這裡，可不想失去大將。」

維多利安說：「請讓我們完成與南妮騎士的約定，守護您至死。」

吟遊詩人尼爾則說：「你很不理智，如果你孤身作戰死了，你覺得我們之後還有勝算嗎？」

羅妮還在各地周旋結盟的力量，哈尼陪雷德回龍島，還有許許多多相識的人，他們此刻或許不在，但他們都會說出一樣的話——不願讓瑟爾孤身犯險。

瑟爾一一看著眼前這些熟悉、年輕的面容，心裡突然湧上了寬慰。在因為失去故友而將自己封鎖起來的一百五十年後，他竟然又一次擁有了這麼多伙伴，這是多麼幸運又幸福的事。

「謝謝你們。」薩蘭迪爾對所有人說，拒絕了他們的好意，「但這次，請讓我一個人去。不用想跟著我，不然我會把你們打暈了送回來。」

他說得如此不容置疑，倒讓其他人無力反駁。

薩蘭迪爾已經經歷過一次失去，所有伙伴都離開了，只留下他一個。這一次，他不想再成為被留下的那一個。他活了三百年，已經夠了，甚至可以用自己為新的時代開路。

這一刻，他多少明白了精靈王成神隕落時的想法。

「等等，可別忘了我。」波利斯從人群中站了出來，「你想丟下我，讓我一個人在這裡嗎？可別忘了，屬於舊時代的人可不只你一個。」

對於這位老朋友，瑟爾可實在沒辦法拒絕。

「就剩我們倆了。」波利斯笑著，拍上精靈的肩膀，「我還沒試過和神明決戰呢。你說如果我們失敗了，南妮和奧利維還有貝利，他們會不會狠狠嘲笑我們？」

還沒開戰就說失敗，瑟爾挑了挑眉。

「閉上你的烏鴉嘴吧。」

「哈哈哈哈！」

兩人的身影進入黑霧中，逐漸消失不見。突然有人悵然道：「我們還能再見到他嗎？他還會回來嗎？」

「會的。」吟遊詩人說，「因為那是救世主，薩蘭迪爾．以利．安維雅。」

他目光所至，便是人們所仰望的方向。

他一定會回來。

†††

所有人都在迷陣裡。

這裡指的「所有人」，包括了失蹤的精靈與獸人、瑟爾與波利斯，還有神明們。幾乎是一進入迷陣，瑟爾就察覺到了那些熟悉的氣息，還有隱藏在其中、無所不在的黑暗。在意識到這一點後，他就明白形勢很不利。

這是神明的主戰場，而他們不過是兩名凡人，除了都伊，沒有任何人可以正面與惡神作戰，而光明神現在又不知道跑去哪裡了。趁這個機會，瑟爾索性抓住波利斯的手臂，把巨鷺騎士拉到身邊：「你現在回去還來得及。」

波利斯哈哈笑著，晃了晃手中的武器，「瑟爾，你要讓一個拔出長槍的男人再收回槍嗎？」

瑟爾沒想到這個傢伙現在還有心思調侃他，無奈地抿了一下嘴角，就在波利斯以為他已經放棄勸說時，精靈再次開了口。

「奧利維為你刻下封印的時候，曾經做過預言，說你會為我而死。」精靈銀色的眼睛裡揉雜著濃厚的陰鬱，「我已經一個又一個送走了他們，你想讓我再送走你嗎？你想讓我一輩子對自己感到厭惡、痛恨嗎？」

波利斯臉上的笑意漸漸消失了，但是他同樣沒那麼容易屈服。

「差一點就心軟了。瑟爾，你竟然會用自己來威脅我，真是學了不少東西呢，是那個人類法師教壞你的嗎？」

聽他提起伯西恩，瑟爾的雙眸顫了一顫，可在那眸中的波紋進一步掀起漣漪前，一雙大手攬住了他的肩膀：「如果我在這裡拋下你不管，厭惡痛恨自己一輩子的人不就變成了我嗎？你看，相比起來我還是『自私』一點，我寧願是你來送走我，也不願意自己目送你離開。好了，煽情的話就說到這裡吧。」

波利斯用力拍了拍瑟爾的後背，差點把「纖細」的精靈拍到一個趔趄。

「你感覺到什麼不對了嗎？」

瑟爾見狀，也停下勸說，靜靜觀察著周圍。他的尖耳朵有意識地開始抖動。

雖然精靈王曾說過，精靈的耳朵尖並不是為了增長聽力，但瑟爾總下意識地將這兩點連繫起來，每當他想要安下心來聽什麼動靜時，總是會不由自主地抖動耳朵。

「那邊！」

確定了聲音的來源後，瑟爾帶著波利斯朝目的地趕去。

他們很快靠近了一片沼澤，發現了失蹤已久的艾斯特斯和布利安他們，然而這並不是什麼好消息。

這簡直就是地獄。瑟爾不敢相信自己看到的這一幕。

獸人們和精靈互相廝殺，眼中充滿對彼此的仇恨。這幾乎讓他以為自己回到了三百年前的獸人山麓！而在沼澤的最中心，艾斯特斯握著箭尾，鋒銳的箭尖從布利安的胸膛穿透！就在瑟爾他們趕到時，特蕾休手握著一把匕首，正要對準艾斯特斯的心口捅去！

「不！」

瑟爾衝過去想要阻止，卻被一道無形的屏障阻攔，無論他使用什麼方法，都無法穿透這層屏障。他只能眼睜睜地看著兩個種族互相廝殺，看著他的弟弟與他救回來的女孩，彼此將武器捅進對方的心口！

「冷靜一點，瑟爾。」波利斯從後面拉住他，「這是迷陣！迷陣裡的空間倒錯，我們過不去，說明他們現在正在另一個空間，不要自亂陣腳！而且我們看到的可能只是幻境，這些根本不是真實的！」

波利斯的話讓瑟爾被烈火灼燒的頭腦稍微冷卻了一下，可很快又被一道冰冷的譏誚打破。

「只說對了一半，對於正在發生的事你們的確無能為力，至於那些景象是不是真實的？」

瑟爾僵硬地回頭，看著那個驟然出現在他身後的黑影。

他有著黑夜的眸色和髮色，有著熟悉的面容與語調。

「你覺得呢？」

那曾經溫柔注視過瑟爾的雙眼，如今只剩下冷漠。

他究竟是誰，是伯西恩，還是惡神？就在兩者的雙眸對上的一瞬間，瑟爾在那黑眸中抓住了一瞬而逝的某種情緒，下一刻，他的身體就失去了力氣，往後倒下。

波利斯突然察覺到不妙，他想扶住瑟爾，卻被精靈身上驟然升起的白色光芒遮罩在外。

「以利的神力？不對，這究竟是什麼？」波利斯看著被白芒吞噬的瑟爾，驚怒地看向黑衣人，「你對他做了什麼？」

黑衣人根本不在乎波利斯，他只是專注地望著被白色吞噬的瑟爾，無比專注，好像每一眼都是最後一眼。

瑟爾陷入了幻境之中。

他重複著，一次又一次地經歷三百年前的噩夢。看著同族們慘死，看著貝利被分屍，即便他最後奪回了白薔薇城，也無法拯救任何逝去的生命。這一切都是因為獸人與惡魔串通，貪婪無恥地背叛他們。

場景恍然，又回到了現在，他站在泥沼邊，看著獸人與精靈再次你死我活，看著艾斯特斯與特蕾休互相執起武器。

「他們生來就為死敵。」

有人站在他身後，和他一同看著眼前的慘烈場景。

「你徒勞無功的緩和，只是帶來虛假的和平。只要稍有摩擦，他們會毫不猶豫地把利劍對準彼此。」

「不……」瑟爾試圖掙扎，「還有特蕾休，她是我們的希望。」

「你說的這個希望，現在正拿著匕首，捅進你弟弟的胸口。」身後的人輕笑道，「看見了嗎，她臉上的痛苦？我想在這場廝殺中，沒有人比她更絕望。但她本來可以不必如此的，如果她一直都只安安分分地當一個半獸人，不是被你帶回去按照精靈的標準教養，她現在就不會左右為難，眼睜睜看著愛護自己的同族們互相廝殺，是你把她送進了絕境。」

女孩臉上的淚痕刺痛了瑟爾，他只能閉上眼，可那如幽靈一樣的聲音還是不肯放過他。

「就連我也沒想到，你會把獸人加進自己的軍隊。三百年前的那場慘敗還沒讓你吃夠教訓嗎？暴戾、貪婪是獸人的天性；傲慢、記仇，是精靈的本能，你將兩個有著深仇大恨的種族強行維繫在一起，還自以為能使他們握手言談？難道你忘了——」黑衣人輕聲說道，「讓他們結下如此血海深仇的，正是你啊，薩蘭迪爾。」

那一瞬間，被大火燃燒的白薔薇城湧入瑟爾的腦海。哀嚎與痛苦席捲著本已沉澱在歲月長河下的記憶，再一次充斥著他的所有心神和靈魂。

他看見了橫屍遍野的雪白山麓，他聞到了惡魔之火灼燒城池的焦味，他回想起了那具被砍下頭顱，開膛剖腹地掛在城牆上的屍體——就在他離開之前，刺客還揮著手漫不經心地與他們告別。

『交給我你還有什麼不放心的嗎，瑟爾？』

「不過在我來看，其實你這麼做也無可厚非，修復兩個種族之間破裂的關係，看著曾經互為仇敵的人們在你眼前演繹虛假的和平，沒有什麼比這更能填補你心裡的愧疚了，不是嗎？當年你害死了那麼多同族。現在他們如果重歸於好，你是不是就可以放下心裡的愧疚？」那惡魔般的聲音道，「是不是覺得，曾經犯下的過錯就可以因此被彌補了？真是自私啊，瑟爾。」

瑟爾睜開了眼睛，那一句親密的「瑟爾」意外地喚醒了他的神智。

「你是誰？」

「我是伯西恩。」黑衣人對著他微笑，「為你而死的伯西恩·奧利維，吞下你舊友血肉的伯西恩·奧利維。」

他就像在故意刺激瑟爾一般，每一句話都紮在瑟爾的心口。然而，隨著心口的疼痛，出乎意料地，瑟爾竟然漸漸冷靜下來了。

「你不是他。」瑟爾說，「你不是伯西恩。」

黑衣人的眼瞳縮了一下，隨即又彷若無事地道，「為什麼呢？因為我不再討好你，欺騙你，讓你沉浸在虛偽的自我滿足之中嗎？」

瑟爾拔出身側的佩劍，即便他的手還在顫抖，他拔劍的動作仍絲毫沒有遲疑。

「他並不是討好我，欺騙我。」

「那他為什麼不告訴你這些真相，不讓你看清真實？而是一次次幫你掩飾這些虛假的和平，還為你送了性命。難道你要說，他也和你一樣看不清真實，被所謂的愛與正義蒙蔽了雙眼嗎？」

瑟爾突然輕輕笑了一下。

「大概是因為，他愛我吧。」

說出這句話的一瞬間，瑟爾一劍砍向黑衣人。黑衣人猝不及防，就像易碎紙張一樣輕易地裂成兩半，只是他還發出不甘的咆哮。

「為什麼？」他不相信自己的偽裝有任何破綻，那可是那位大人親自為他布下的偽裝，應該是完美無缺的！

「伯西恩替我守下了白薔薇城。他絕不會用你說的那些話來刺激我。」瑟爾說，

「他不會。」

「天真。」黑衣人哈哈笑道，「你真的以為，他還會像以前一樣嗎？你以為那些景象真的不會發生嗎？」

「我本來不確定，但是現在看來，波利斯說的對，你讓我看見的的確都是幻象。」瑟爾收起劍，臉上的表情終於輕鬆了一些，「過了這麼久，你還是沒聰明多少啊，利維坦。」

惡魔混血露出真容，消失前他發出詭異的笑聲。

「那究竟是幻象還是未來……還不一定呢，薩蘭迪爾！」

利維坦製造的幻覺消失後，瑟爾的意識又重新回到現實，噩夢與戰鬥消耗了他太多的精力，波利斯一把拉住快要跌倒地的他，關切地問：「你看見什麼了？」

「只是一個幻象。」

瑟爾望向波利斯身後的位置，那裡本來應該站著另一個黑衣人，只是現在，那道身影不見了。

幻象裡的伯西恩是利維坦偽裝的，那麼，外面的這個呢？

那個讓他察覺到一絲熟悉氣息的黑衣人，也是惡魔偽裝的嗎？

瑟爾不敢去深究。

而在迷陣的深處，有人將他的一舉一動都看在眼裡。祂對身邊剛剛回來的黑衣人微笑道：「聽見了沒？他說你愛他呢。」

黑衣人沉默佇立，不發一言。

「這個計謀果然不行啊。」惡神發出一聲嘆息，祂只是揮了揮手，黑衣人就像一道幻影被祂吸收進體內。

「不過沒關係，瑟爾。」祂冰冷的眸子注視著眼前的景象，「我們還有下一場遊戲。我會讓你知道『我』究竟有多愛你。」

†††

特蕾休已經第三次打斷了艾斯特斯的法術。

「你要幹什麼？」狼女孩怒氣沖沖地看向精靈王子。

艾斯特斯正拿起弓箭，箭矢上彙聚的魔力隨時可以射出，但被特蕾休一打擾，卻只能眼睜睜地看著獵物逃跑。

不遠處，正在取水的深淵精靈驚疑地望著這一邊，雖然沒看到任何人影，但也警惕地立刻跑開了。

艾斯特斯心裡有些惱火，「我才要問妳在幹什麼。」

他抓起特蕾休的雙手，不那麼溫柔地把女孩從自己身前提到身後。狼女孩早年營養不良，現在也沒有發育好，就這樣被艾斯特斯單手扣住了兩個手腕，無力反抗。

然而即便如此，她仍然倔強地瞪著精靈王儲。

「如果他察覺到什麼、回去通風報信，妳以為他們會像妳一樣好心放過我們？」艾斯特斯冷聲道，「如果妳再打擾我，我就把妳捆起來扔回去冬眠。」

「可那些是我們的伙伴！」特蕾休說，「是瑟爾帶回來的朋友……」

這一次，艾斯特斯沒等她說完，眼裡就爆發出怒意。

「在戰場上突襲我們，害我們死傷慘重，落入敵人陷阱的朋友？」精靈藍色的眼睛像冰封住了一樣，「薩蘭迪爾看錯了他們，妳也是。別讓我再警告妳第二次。」

說完這句話，艾斯特斯就放開女孩的手，揹起武器去尋找其他落單的深淵精靈。

現在在這個迷陣裡，獸人們在沼澤另一端發瘋，暫時不被艾斯特斯看作威脅，但是當時在戰場上和他們一起陷入陷阱的，可不只是獸人和光明神聖騎士（他們已經集體去見以利了），這些深淵精靈才是導致他們落入險境的罪魁禍首。而現在，艾斯特斯在迷陣裡發現了罪魁禍首的身影，自然不會讓他們好過。

「可——」特蕾休說，「可是瑟爾相信他們，至少我們也該找到瑟爾弄清楚是怎麼回事。」

「沒有必要。」艾斯特斯冷聲道，「異族始終是異族，那些深淵精靈沒有和我們一起生活，也不是在同一片土地長大，甚至連文化都間隔了千年，他們不是我們知根知底的兄弟姊妹，要相信這樣的異端，就是將自己的脖子親自送到敵人的刀鋒前。我愚蠢的兄長，又犯了一次錯。」

他說完這句話，半天沒聽見特蕾休的回答，這可不符合狼女孩之前執著反駁的態度。艾斯特斯不由得停下腳步回望過去，可他這一望，幾乎嚇掉了半個靈魂。

只見特蕾休正在往回跑，難道她要去追那個深淵精靈？

艾斯特斯箭步追上，拉住她，咬著牙低聲道：「妳要做什麼！」

「我要去找他們。」狼女孩眼裡噙滿淚水，「我也是異端，我也沒有和你們在同一畔河邊長大，那你就讓我和他們在一起好了，反正……反正你們純血精靈始終不喜歡我！」

「妳冷靜點。」艾斯特斯無奈道，「我有這樣說過嗎？」

「即便你沒說，我也知道的，蒙特和菲耶娥姊姊，還有我，你根本不喜歡我們。」

特蕾休哭著說，「可是這也不是我願意的啊。我們不是因為知道自己是混血，才選擇降生到這世上的，是我們來到這個世上後才知道自己根本不被人喜歡啊！」

艾斯特斯的心狠狠抽了一下。

他彷彿又回到了那一刻，在雪山之巔上，自己質問布利安時，那個獸人德魯伊的回答——你愛一個人究竟是愛他的靈魂，還是愛他的驅殼？為什麼我妻子與我相愛就是對她的誣衊？

半精靈的身分不是他們的原罪，愛情也不應該區分種族。薩蘭迪爾很久以前就試圖傳達給他們的訊息，艾斯特斯在這一刻才理解了一點。

他放開手，看著狼女孩沾滿淚水的臉龐，還有隨著抽噎不斷抖動的毛茸茸耳朵。

許久，精靈王儲嘆了口氣。

「也許妳說的有一點道理。」

特蕾休怔住了，擦乾眼淚驚喜地望向他。

「但我還是不能讓妳去找他們。如果妳被他們抓住了，很可能會洩漏所有精靈沉睡的地點。」

「我不會——」

「噓。」沒等狼女孩說完，艾斯特斯伸出纖長的手指，按在她的唇上。

他說：「我去吧。」

事情似乎有了轉機，艾斯特斯不再一味地把迷陣裡的兩個種族視作敵人和威脅，他開始想要探索真相。如果一切到此為止，那麼或許他真的能聯合所有種族的力量，一起破開迷陣。

可顯然，有人不會讓他們如願。

「什麼聲音？」

這邊剛讓特蕾休破涕為笑，艾斯特斯尖尖的耳朵抖了兩下，就聽見了特別的動靜。他讓狼女孩待在原地不動，自己爬到附近最高的一棵樹上去查看情況。特蕾休安靜地坐著，有著情緒釋放後的虛脫。

這一刻，她想，艾斯特斯也不是那麼古板不講道理。等他帶她找到了瑟爾，她或許可以原諒他之前對半精靈的傲慢與冷漠。

簌簌——幾片樹葉掉了下來，是艾斯特斯回來了。

「發生什——你怎麼了？」特蕾休抬頭問，卻看見了艾斯特斯蒼白的臉色。那雙曾經像湖水一般透徹的藍眼睛此刻浸滿了紅絲，在它們看向自己的那一刻，特蕾休真切地感受到了死亡的威脅。

艾斯特斯看也不看她一眼，轉身離開了。

一定發生了什麼！特蕾休注意到他離開的方向是精靈們沉睡的湖邊，心裡一驚，連忙跟在艾斯特斯身後，緊緊追上去。

一邊踉蹌地追著精靈，特蕾休一邊拚命地想，究竟是發生了什麼，才讓態度剛有點軟化的艾斯特斯變得比之前更冷漠？

可她怎麼也沒想到，會是眼前這一幕。

艾斯特斯施展力量讓精靈們沉睡的湖泊已經變成了一片血紅色，而獸人們正站在湖泊中間，為這血色盛宴狂歡。他們啃食著那些纖細的軀體，蹂躪毫無反抗之力、陷入沉睡中的精靈，簡直就是地獄。

艾斯特斯僵住了，他像是在做一場噩夢。

是因為我嗎？他想。是因為我讓他們都陷入了沉睡，才害得他們毫無反抗之力嗎？是因為我明明知道有危險，卻還是放鬆了警惕，才讓獸人們有得逞的機會？

這一切的痛苦和自責，在他看見站在湖中的那個身影之後，變成了滔天怒火與恨意。

「布利安！」他近乎嘶吼地喊出這個名字。

布利安循聲望來，黑灰色的眼中卻滿是迷茫。直到艾斯特斯拿出箭矢插向他胸口的時候，他都一動不動地站著，不知道躲避。

「不要！求你！」

緊跟在他身後的特蕾休尖叫著阻止，可艾斯特斯當然沒有理會她。時間似乎在這一刻放慢了，就在箭尖刺入布利安胸膛的那一剎那，特蕾休也拿出武器衝上前，對準了艾斯特斯的胸膛。

精靈王儲的雙眼還是一片冷漠，在刺穿布利安的那一刻，他冷漠地望著拿著匕首的特蕾休，似乎對那直指自己胸膛的匕首不以為意。

妳想刺嗎？那就刺吧。

然而最終，艾斯特斯的箭尖捅穿了布利安的心臟。而特蕾休手中的匕首，沒能穿透精靈的胸膛。

在攻擊的餘力消散過後，艾斯特斯才雙腳落地。站穩身體的那一刻，他在特蕾休耳邊輕聲道。

「看吧，這就是妳軟弱的代價。」

瑟爾在幻象中看見的一切，終於成為了噩夢般的現實。

黑暗中的神明滿意地看著這一幕。

所以你的改變有什麼用，薩蘭迪爾？你識破了利維坦的幻象，卻不能改變真正的結果。無論你再怎麼力挽狂瀾，這個世界依舊走向了最壞的結局。既然如此，為何不放任它毀滅？

也許是這個結果並不出乎意料，達到想要的結果後，祂卻未能體會到滿足。祂想，也許只有在薩蘭迪爾臉上看見痛苦和錯愕，祂才能真正體會到一些快樂。於是祂開始在迷陣中尋找薩蘭迪爾的身影，想盡快讓精靈知曉這「愉快」的結果。

然而，神明卻沒能在自己創建的迷陣中立刻找到薩蘭迪爾。

怎麼可能！這是祂的領域。

就在那千分之一的瞬息，祂的氣息因此波動了一瞬，祂隨即明白自己犯了一個大錯。

「找到你了。」

下一刻，有人貼在他身後輕聲道。與那如影隨形的聲音一同而來的，還有令黑暗厭惡的光明。幾乎不容人喘息，濃郁的光芒在這純粹的黑暗空間中炸裂開來。

在被光芒吞噬之前，惡神喊出不速之客的名字。

「——都伊！」

光明神微笑地說：「要讓你鬆懈這片刻可真不容易呢，我親愛的半身。」

†††

「沒受傷吧？」

「沒有，只是有點受到驚嚇了。」

「只是有點？你答應過我什麼？」

最先提問的人似乎有些惱怒。

「事情不是我能控制的。」

「你們小聲點，她睡著了。」

我這是在哪裡？

特蕾休感覺自己還在夢中，不然她怎麼能聽見瑟爾在與爸爸說話，還有那個討厭的艾斯特斯的聲音呢？她晃了晃耳朵，感覺自己正躺在一雙溫暖的臂彎裡，這觸感讓她很懷念，也不想醒來去面對那些噩夢般的現實，直到她聽見了一句話——

「艾斯特斯，如果瑟爾沒有及時趕到，你是不是真的會殺了我？」

什麼？這句話讓特蕾休的意識瞬間清醒。她難道不是在做夢嗎？

狼女孩迫不及待地睜開了眼，然後看到了幾張熟悉的面孔，他們都完好無恙又關心地看著自己。

「妳醒了。」

瑟爾彎下腰，試探著她額頭的溫度。

「好像有點發燒。」他憂心地說，就在想要抽離指尖時，卻被特蕾休緊緊握住。

「瑟爾！爸爸，爸爸他──」特蕾休緊抓著瑟爾的手，「爸爸被大壞蛋殺死了！」

「哈哈哈。」旁邊有人忍不住笑出聲來，那是波利斯的聲音，「哎呀，想不到你這小子在人家小女孩眼中竟然是這個形象。瑟爾的弟弟，看來你的表現不怎麼樣嘛。」

艾斯特斯原本站在幾步之外，假裝不在意卻時刻關注著特蕾休的情況，聽到波利斯的這句話，他看似無動於衷，卻悄悄抿緊了唇。

「我沒事，親愛的。」一雙大手從旁邊伸過來，輕輕握住特蕾休的手，「那只是一場噩夢。」

噩夢？

特蕾休這才注意到自己躺在誰的懷裡──她轉身一看，獸人德魯伊布利安正慈愛地看著她。

「爸爸！」她驚呼，腦袋已經完全混亂了，「噩夢……怎麼回事？剛才發生的那些難道不是真的嗎？」

「這可難說。」波利斯在一旁道，「要不是我和瑟爾及時趕到，說不定就成真了呢。畢竟這個年輕的小子是個辦事衝動，又容易熱血上頭的莽撞傢伙。」

被他這麼評價的艾斯特斯沒有反駁，只是臉色更難看了些。

特蕾休這才注意到自己身邊究竟有幾個人，爸爸、瑟爾、波利斯、艾斯特斯，還有一個黑漆漆、她沒見過又長著尾巴的傢伙。

波利斯說：「這次要不是有他，一切就真的糟糕了。」

黑人魚阿倫甩了下尾巴，對瑟爾投去討好的笑容。

這是怎麼回事？

和特蕾休有同樣困惑的，還有惡神。當都伊出現在祂的眼前，惡神就知道自己被耍了，一時疏漏不但被發現了位置，之前那些令祂得意的慘象都可能是虛假的。

都伊看破祂的疑惑，故意道：「你以為薩蘭迪爾沒有預防你這一手？在破除那個小惡魔的幻境後，他就立即動身去找人，防止悲劇成真。」

「沒有我的允許，任何人都不能在我的幻境裡找到人。」惡神低沉地道，「是你插手了嗎？」

「還輪不到我。」都伊說，「看來在這個世上，還有其他人能突破你我的束縛。」

惡神神情一變。

能夠突破神明束縛的，唯有同等級的神明！可是祂根本沒有感覺到以利的氣息，都伊也說不是祂做的，難道這世界上，還有和祂們同等級的存在？

在瑟爾身邊，黑人魚阿倫無辜地甩著尾巴。

「我能及時趕到、將你們從幻境中叫醒，是使用了阿倫的力量。」瑟爾對特蕾休解釋道，「進入幻境之後，我就一直在找妳，但是在找到妳之前，阿倫先找到了我，然後是他帶著我找到你們，阻止了悲劇。」

他們趕到的時候，艾斯特斯正著魔似的要對波利斯下手，特蕾休嚇得哇哇大哭，而波利斯閉著眼，似乎沉浸在另一個夢中，手中卻握緊了武器。

阿倫神奇的能力令人嘆為觀止，似乎他想去哪裡、想去找誰，就能用他的能力立刻來到那個地點。

天知道，要是他們沒有及時趕到的話，陷入幻境中的幾個人就會在各自的噩夢中真的殺死彼此。幻境中的迷陣會放大他們心中最深的恐懼，然後將恐懼變成現實。

可瑟爾稍微察覺到了一絲異樣。在不久之前，阿倫的力量還不至於如此強大，而這一次他甚至突破了惡神領域的束縛！

「每個人的噩夢？」特蕾休聰明地道，「我夢見爸爸被大壞蛋殺死了，他們夢見了什麼？」

波利斯揉了揉腦袋，說：「那真是個不想讓人再回憶的噩夢。我竟然夢見我親愛的特蕾休嫁給了最討厭的傢伙，一氣之下只能大開殺戒了。」

艾斯特斯的後背微微一僵。

「你呢？」特蕾休把視線轉向艾斯特斯。

精靈王儲神色猶豫地道：「……沒什麼好說的。」

「我們是什麼時候開始陷入夢境的，我阻止你在湖邊獵殺深淵精靈也是夢嗎？」

特蕾休一不小心又為艾斯特斯挖了一個坑。

瑟爾聞言，語調微揚起，「艾爾！」

艾斯特斯的尖耳朵下意識地豎起來，抗拒道：「是他們害我們落入這個境地的！我不能相信他們。」

看見弟弟倔強的樣子，瑟爾微微嘆氣。看來要艾斯特斯接受異族，還需要一段時間，他不能強迫他。

「好了。」波利斯出來打圓場道，「我們不能再在這裡耽擱下去，天知道那個陰暗的傢伙在哪個角落裡盯著我們。話說，你們誰看到都伊了？」

所有人都搖了搖頭。

波利斯摸著下巴道：「會不會祂們已經打起來了？」

他完全不知道自己一語中的。

瑟爾卻說：「波里，你帶著他們去找剩下的人，把他們從幻境中喚醒。深淵精靈不會受影響，你們可以最後再去找他們。」

「你還要管他們？」艾斯特斯很不滿。

「我答應了一位長輩。」瑟爾嘆息說，「承諾是不可以輕易取消的。」

「你可以一時心軟，可離開這裡之後呢？」艾斯特斯敏銳地指出矛盾，「你能說服我，但你能說服那些因為深淵精靈而失去親人的人們都不憎恨他們，不報仇？」

直視艾斯特斯尖銳的眼神，瑟爾一時覺得胸口滯澀難言。

仇恨，永遠都無法化解嗎？

他第一次對自己堅持的目標產生了動搖，試圖去化解種族之間的誤會與爭端，是否就是一件可笑的事情呢？

「夠了！」波利斯的語氣嚴肅起來，「如果你不是在這裡指責你的兄長，而是做好份內的事，我會很感謝你的『清醒』。畢竟我們能走到現在就是依靠瑟爾的信念，而不是你偏執的種族主義。」

他又回頭對瑟爾說，「不要理他。如果不是你，這個偏執的小傢伙早就在西方樹海被人滅門了，哪有機會在這裡和你叫囂。」

艾斯特斯很快就反應過來，他是在說精靈們被瑟爾的多種族盟友救了一次的事，瞬間無話反駁。

瑟爾的眼神清明了些許，他說，我知道你是對的，波里，但是艾斯特斯也是對的。我有些著急了，一味地將各個種族融合在一起並不能消解他們潛在的矛盾。在戰爭過後，一定會再次爆發波瀾。

「那不是你該管的事。」波利斯看懂了他的眼神，無奈道，「瑟爾，你真的把自己當救世主了嗎？你已經解救我們很多次了，可你無法解決這世上所有的問題。以後的問題就讓以後的人操心吧，我們只解決眼前的事。比如去找那個——」陰暗的惡神藏在哪裡了。

波利斯的一句話還沒說完，幻境裡就發生了劇烈的顫動。眼前的一切景物都猶如鏡中花水中月，在搖擺虛晃。

「怎麼回事？」

遠處傳來快要震顫人耳膜的爆炸聲，白色的光芒和黑色的暗芒在幻境的天空中撕開了道道裂痕。

「那兩個傢伙果然打在一起了，我們趁機離開這裡！」波利斯朝瑟爾伸出手，卻只抓住了一片衣角。

「帶他們離開吧，波里，就當這是我最後的請求。」

他抓著人魚的手，下一瞬間就消失在眾人眼前。

「瑟爾！」

眾人的呼喊還響徹在耳邊，瑟爾眼前已經陷入一片虛無。

他感覺到自己在時空之間穿梭，恍惚間看見了許多熟悉的事物——綠蔭下的艾西河畔、精靈王走向神臺的背影、南妮用長劍追著偷了她內衣的貝利毆打、奧利維和他在聖城的門口告別——最後，一切回到了伯西恩死亡的那天。

還沒有靈魂分裂的黑袍法師看著他，說：『我保證。』

你保證什麼？

——為你守護住你想守護的一切。

用你的性命嗎？用你四分五裂的靈魂嗎？如果是那樣，還不如——

「還不如什麼，你真的愛上他了嗎？」

熟悉的聲音在耳邊調笑。

以利！

瑟爾睜開眼，入眼的卻不是眾神之神，反而看見光明與黑暗兩個原本正在互相對峙的神明同時望向突然出現的他。

「看看，誰來了。」

惡神見到他，那張與伯西恩一模一樣的面容露出了惡意的笑容。

「這不是『我』所愛的，救世主薩蘭迪爾嗎？」

「救世主薩蘭迪爾」。

這個稱呼是什麼時候流傳開的，已沒有人準確地知曉。或許是三百年前，或許只是三個月前，無論是在背負這個稱呼之前還是之後，瑟爾早已承擔了許多足以將他所有脊骨都深深壓垮的責任。「救世主」，此時被惡神用譏嘲的語氣這麼稱呼，瑟爾反倒覺得輕鬆了一些。

原來是這樣。他想。

這一個稱呼就如同「精靈」、「聖騎士」這些標籤一樣，早已是構成他的一部分。愛他的人如此呼喚他，期待他帶來希望；恨他的人如此呼喚他，妄圖破滅他的希望。

於是瑟爾說：「這麼看來，我非得阻止你不可了，不然也對不起你喊的這一聲。」

都伊在惡神身後看著他，微微笑了。

「阻止我？」見到自己的惡意並沒有成功擊倒瑟爾，惡神也沒有十分在意，或許對方只是沒有表現出來，祂轉用其他方式來刺激瑟爾，「阻止我之後呢，由你來替代我成為下一個養分嗎？為這個世上無數愚蠢、卑微的螻蟻獻出我們自己的生命？你真是和父親一樣『偉大』，薩蘭迪爾。」

惡神又看向似乎在旁觀的都伊。

「而你，我的半身，我的一部分，另一個『我』。你是被眼前這個精靈以什麼理由欺騙，站到我的對立面，又是想獲得什麼結果呢？我以為我們的目標是一致的。」說到這裡，祂誇張地笑了起來。比起都伊，惡神的情緒更像人類，「還是說，你像那個傢伙一樣也——」

「我糾正一點。」都伊及時打斷了惡神將要說出口的話，「即便沒有薩蘭迪爾，我也從沒和你站在同一邊。追根究底，在對屬下的品位上，我們就截然不同，我可不想和你飼養的蛆蟲們一起合作。」

「可是蛆蟲幫了我大忙。」惡神微笑道，「而你美麗的聖騎士們，如今都成了蛆蟲的晚餐。你優秀的審美不僅沒能拯救他們——還淨製造出一些背叛你的傢伙。」惡神隨即一個招手，這個神祕空間內又出現了另一個身影。

「比如說這個傢伙。」

伊馮的模樣和之前已經全然不同，曾經璀璨的金髮變得黯淡無光，面色蒼白，毫無血色，此時，聽見惡神的譏嘲也只是沉默不語，宛如一個沒有靈魂的木偶。

「看見他了嗎？你曾經最優秀的聖騎士，也是導致你的東部戰線全軍覆沒的罪魁禍首。我的半身，這就是你所要打造的完美聖騎士？」

都伊皺了皺眉，「這是一個失敗品。」

惡神譏嘲：「我卻覺得他是一個不錯的傢伙，對自己，對別人，都狠得下心。」

在神明們交談時，伊馮一言不發，卻緩緩收緊手指。那緊蹙的力道裡似乎壓抑著什麼，卻無從表達。

瑟爾注意到了，如果有機會，他實在很想詢問伊馮為什麼要這麼做。伊馮在前線的背叛導致都伊的聖騎士和精靈們損失慘重，他自己似乎也沒能得到什麼好處。他失去了弟弟，失去了信仰，如今則失去了一切。這是為了報復都伊嗎？可看現狀，更像是在報復他自己。

瑟爾收回看向伊馮的視線，打斷神明們沒有意義的交流，「我們現在是不是該抓緊時間，解決一下眼前的問題？」

惡神和都伊都同時看向他。

「如果你們想繼續聊天、休息一會，我可以去幫你們買個橘子。」瑟爾說著沒有人聽得懂的冷笑話。

在這個世界，他說了近四百年沒有人理解的冷笑話，也不差這最後這一天。

「解決？」惡神玩味地看向他，「怎麼解決？」

「我不建議你選擇武力解決的方式。」瑟爾看向惡神，「在這裡，單就都伊與你已經是不分上下，一旦動手就兩敗俱傷。在這裡之外，您有惡魔和其他深淵生物，而我們也有諸如水神、自然女神等其他盟友。算算以上情況，我覺得你不具有優勢，深淵之主閣下。我建議我們選擇另一種方式——比如說和談。」

「繼續說下去。」

「光明神之所以會和我合作，是因為我手裡掌握了對祂有利的情報，若我也能提供對你有利的情報——比如，讓你不再成為這個世界的基石，你願意放棄毀滅這個世界嗎？」

說出這句話時，瑟爾其實是帶著一點希冀的。他知道惡神不像都伊那麼好說話，但是總不妨一試——結果是最壞的那一種。

聽見他的話，惡神不但沒有露出好奇的神色，嘴角的惡意弧度更逐漸上揚。

「你敢提出這個要求，顯然對自己很有自信。不過我最憎惡的，就是在別人給的選項裡做出選擇。不如這樣，你先做出一個選擇如何？」

聽見惡神這麼說時，瑟爾心中閃過不好的預感。他回頭看去，卻見到伊馮不知何時已經消失不見，他去了哪裡？

獨立空間裡，惡神對瑟爾輕笑道：「該你選擇了。」

他一揮手，瑟爾從幻象裡看見伊馮帶著無數惡魔，出現在東線的戰場上，他們攻擊的對象是還未休整恢復的東部戰線聯軍，以及在戰線後方岌岌可危的無辜平民。

惡神又揮了一下手，更遠處的景象呈現在他們面前。

「是去拯救其他更多的可憐人？」

利維坦帶著惡魔大軍開始攻打南方聯盟，而在進攻的陣營裡赫然有眼睛完全變成紅色的深淵精靈女王，戰局一面倒，倉促應戰的南方聯盟守軍遠遠不是惡魔精銳的對手。不斷有人哀嚎著倒下，又不斷有新的人加入戰局。

「或者是去救你的朋友們。」

正在撤退的波利斯他們，被紅著眼睛的深淵精靈擋住了去路，失去理智的深淵精靈從四面八方圍攏而來。寥寥幾人猶如被困在洪水中的螻蟻，頃刻就要被吞沒。布利安和艾斯特斯將特蕾休護在身後，波利斯舉起武器擋在最前面，他胸前最後四分之一的烙印在閃閃發光，灼燙著瑟爾的雙眼。

瑟爾看見維多利安他們節節敗退，硝煙燃燒了最後的淨土，那些飽受「魔癮」苦難折磨的人們又陷入更深一層的絕望。耳邊，邪惡的低語卻還縈繞不散。

瑟爾感到寒意從掌心升起，腦袋嗡嗡作響。

他聽見惡神問：「三處絕境，你要去救哪一個？」

在兩位神明的注視下，銀髮的精靈過了許久才像被解凍的冰雕一樣沙啞著開口：「你早就知道了。」他問都伊。

惡神要調動如此大規模的力量，不可能沒有引起都伊的注意，然而，自一人一神聯手以來，光明神卻從未提醒過他，甚至在進入這個神祕空間後，對這些潛在的危險也隻字不提。簡直就像是故意把薩蘭迪爾引到這裡，讓惡神布下這個困局。

都伊沒有說話，惡神倒是開口了。

「你利用祂來與我對抗，就不允許祂利用你？歸根結底，我和祂都不想被這個世界束縛住。」

都伊也開口：「你被太多無用的關係束縛住了。薩蘭迪爾，我認為只有讓你切斷這些關係，你才能完成對我的許諾。」

「對你的許諾？」瑟爾沙啞地重複著祂的話。

「我想要自由。」都伊看著瑟爾，對他伸出右手，「但我不能確定在除去惡神後，你是否能兌現對我的承諾。現在，薩蘭迪爾，只要你把『抗體』的祕密告訴我，我就替你救下那些人。」

原來是這樣！原來這個偉大的光明神不僅一點都不相信他，甚至故意讓他一步步落入惡神的陷阱！

「我也給你一個承諾。」惡神說，「只要你選擇與我合作，我保證即便毀滅了現在這個世界，你和你所愛的那些人都能在我的樂園裡無拘無束地生活。」

瑟爾看著這兩隻對自己伸來的手，冷笑：「選擇你或祂有什麼區別？」

「有。」都伊說，「你選擇與我合作，世界不僅不會毀滅，你也擁有自由；你選擇祂，即便你們能活著，卻只能仰仗祂的鼻息，成為祂的禁臠。」

惡神嗤笑，「說得好聽。你真的相信在除去我後，沒有制約的這個偽君子會給你自由嗎？說不定祂會把你關在一個純金打造的鳥籠裡，用來為自己的權力奠基呢。」

一雙是金色，一雙是黑色的眼眸，直直看向瑟爾。他在祂們的眼裡看見了掠奪、野心與欲望，卻唯獨沒有看見那份熟悉的溫暖。

瑟爾深吸一口氣，「真可惜。如果是伯西恩在這裡，我說不定會答應他。可是你們都不是。」沒有人注意到，他在說這一句話時，眼角抿去一抹黯然。

就在說出這句話的瞬間，瑟爾拉住了阿倫（感謝人魚的存在如此感薄弱，沒有被神明們在意），立刻消失在他們面前。

兩位神明久久沒有說話。

「真有意思。」惡神說，「我們竟然都比不過一個不在場的傢伙。」

如果此時有人看祂，會發現祂兩隻黑眼睛的迥異。一隻黑眸裡充斥著憤怒與惱火，像是被惹怒的巨龍；另一隻眼裡藏著波瀾，其中蕩漾著不為人知的喜悅。

都伊看穿了祂的竊竊得意，問：「你高興什麼？」

惡神哼了一聲。

「可憐的瑟爾。」惡神輕嘆著，「他就不明白這一點嗎？就像他不明白如果不在你我之間做出選擇，最後只會一無所有。」

都伊沒有說話。祂相信薩蘭迪爾絕對沒有力量獨自破解這個局，而與惡神相比，薩蘭迪爾應該選擇祂，可不知為何，祂心底卻感到一股不安。

薩蘭迪爾會選擇哪一邊？他會去哪裡？

「這是哪裡？」阿奇看著周圍，詢問前面帶路的人，「你把我帶出法師塔，說是到我出場的時候了。可是我們要去哪裡？」

為他帶路的「阿爾維特」微微一笑。

「我也不知道，很快就會知道了。」

†††

「該死的，這些傢伙是徹底瘋了！」艾斯特斯都被逼得不得不爆粗口，足以見得情況有多糟糕，「剛才還好好的，他們的症狀就沒有預兆嗎？」

他懷裡摟著特蕾休，本來正在與深淵精靈談判的狼女孩差點被這些發瘋的傢伙一劍捅穿。

「我怎麼知道！」波利斯回道，「不過肯定與惡魔有關！」

布利安神色嚴肅地道：「惡神曾用瘴氣控制了我們，肯定也用了相似的手法控制這些深淵精靈。我們不能戀戰，快走。」

話雖這麼說，他們似乎已經沒有了逃跑的餘地。

四處都是圍追堵截的深淵精靈，弓箭手封住了他們的退路，劍客們讓他們疲於應對，以少敵多，他們落於下風。在又一劍挑開一個紅眼睛的深淵精靈後，波利斯站到所有人身前。他按住心臟上的烙印，「有沒有誰已經腿軟跑不動了？」

沒有人說話。雖然大家都已經精疲力盡，卻沒有人願意放棄希望。

波利斯哈哈大笑：「那好，等等我替你們開路，可別忘記抬自己的腳丫子！」

「等等——」艾斯特斯說，「我可以和你一起斷後！」

「我活了比你三倍的壽命還長，而你才剛開始。斷後？你先留後再說吧！」

艾斯特斯被他戲謔到雙頰惱紅，但還是堅持地道，「不行！你一個人留下來就是送死。」

「快滾吧。」波利斯趁他不注意，踹了他一腳，「躲回你哥哥懷裡去，我可不敢讓你死在這裡，他會罵死我的。」說著，他就準備揭開那最後四分之一的封印。

時間似乎格外漫長，又只是一瞬間，奧利維為他布下封印的那一天還近在眼前，而如今他終將走向結局。

「是嗎？」一雙纖細的手搭在他的手臂上，阻止了他的動作，「你以為用你的大腳踹我親愛的弟弟，我就不會生氣了？」

「瑟爾？」

「你怎麼會在這裡？」

在所有人的驚呼中，瑟爾放開阿倫的手，先對在場看起來最可靠的布利安說：「帶他們離開這裡，別浪費時間。外面情況有變，需要你們回去支援。至於你——」他看向波利斯，「南方聯盟的爛攤子還沒收拾完，你的戰場可不在這裡。」

他把目前唯一的逃生希望阿倫推給其他人。

「我想，在場沒有人比我更有資格斷後。」

「瑟爾。」波利斯驚喜道，「惡神解決了？」他看向瑟爾，用力在他肩膀上拍了一下，「好傢伙，我就知道沒有你辦不成的事！」

瑟爾看向老友，銀色的眼睛裡微微柔和了一瞬。

「解決了，所以眼前這些小麻煩就交給我吧。波利斯，帶他們出去援助其他人，我等等就出去找你們。」

可能是過於信賴瑟爾，可能是酣戰麻痺了他的警覺，波利斯絲毫沒有懷疑瑟爾這句漏洞百出的話。他像往常無數次一樣，相信瑟爾總能克服任何困難。為什麼？因為他是薩蘭迪爾嘛。

「好。」在用阿倫傳送離開之前，波利斯說：「快點回來找我們！」

誰都沒有注意到人魚阿倫眼中的淚水。沒有人能聽懂他的語言，唯一能聽懂的雷德遠在龍島。

總能解決任何問題的薩蘭迪爾看著眼前的深淵精靈，握住了長劍，抵禦他們一次又一次的攻擊。

「真是出乎意料。」惡神看著這一幕，說，「他不會天真到以為這樣就能解決問題了吧？」

「難道不是嗎？」都伊看向他。

惡神微微一笑，「真可惜，如果他再努力一點，說不定就能成功。」

說著，祂像真的感到惋惜一般高舉起雙手，在那一刻，來自深淵的力量以惡神為中心，傳遞給所有深淵生物。戰場上，每時每刻都有更多人倒下，他們倒下的時候還沒有閉上眼。他們望著東方，相信總有一個人，會在絕境中為他們帶來希望。

深淵精靈們的力量也被強化了，瑟爾應付得有些吃力。然而更讓他疲於應對的，是惡神總是低喃在耳邊的話語。

『你不是在給他們希望，真自私，薩蘭迪爾，你是在讓他們去送死。』

『而你的老朋友，那個半獸人混血，也可能要在你看不見的地方犧牲最後四分之一的生命。』

『你覺得自己拯救了誰呢？薩蘭迪爾。』

無論惡神怎麼蠱惑，瑟爾依舊一言不發。

這種沉默漸漸惹怒了惡神，祂終於決定使出最後的手段。都伊動了一下唇畔，最終沒有阻止祂。

「瑟爾。」

瑟爾錯愕地瞪大眼睛。

「……爸爸。」

他不敢相信地看著出現在眼前的幻影，那是精靈王，穿著他的冠冕和華服，正在走向虛空中的高臺。他在走向神座，也在步向死亡。

精靈王的虛影就在瑟爾身前，他們只有一個手臂的差距，然而精靈王彷彿沒有看見他，只是專注地攀登高臺。瑟爾忍不住伸出手去觸碰，卻什麼都沒能觸及。

「瑟爾，你不該回樹海。」

瑟爾這才注意到精靈王並沒有說話，自己聽見的只是他的心聲。

「我希望你永遠不被束縛，不用背負任何責任，不用犧牲任何自由；我希望你永遠是離開樹海之前的那副模樣，是我從樹上摘取下來最鮮活的一片綠葉。」神座就在眼前，精靈王一步步走向它。

「不……不要。」瑟爾眼裡流出淚水，「不要，爸爸！不要為了我！」

然而他的阻止沒有起到任何作用，精靈王的腳步已經踏上了那吸食生命的神臺，那燃燒靈魂的祭臺。

「三百年前我沒有給予你的自由，希望現在能彌補。」精靈王俊美的臉上露出一絲帶著期望的笑容，「瑟爾，我的孩子，你自由了。」

在那一瞬間，他的身影化為萬千碎片。乾枯的世界得到了救贖的甘霖，岌岌可危的世界停在了破滅的邊緣。

他卻不復存在。

「不！」瑟爾的淚水奪目而出。

『真是可惜。』

惡神看著半跪在地上，突然像一個孩子哭泣的精靈，非常矛盾地，心中猶如割裂般又是痛快又是痛苦。

『他是為了你。瑟爾。』

都伊看向惡神，「你做得太過分了。」

惡神嗤笑，用譏諷的眼神看向都伊，「那你為什麼不阻止呢？」

都伊正準備回答，卻看見瑟爾有了動作。精靈臉上的淚痕像刀刻在祂的心底，光明神第一次無比真誠地希望，選擇我吧，選擇我吧，薩蘭迪爾。

惡神卻早有所料，祂帶著都伊一起出現在瑟爾面前，為看似絕對不利的自己扔出了一個十分有分量的誘餌。

「如果你選擇我，我可以幫你復活精靈王。」

瑟爾握住劍柄的手抖了抖，兩位神明都緊緊注視著他。

祂們聽見了瑟爾的一聲苦笑，似乎是從靈魂中擠壓出的最後一聲嘆息。

「我輸了。」

他終於認輸。祂們終於如釋重負，並無比期盼他最終選擇的是自己。

然而，瑟爾的下一句話卻讓祂們神色大變。

「我認輸了，以利。」

光明與黑暗兩位神靈還來不及反應，就感覺到一股強大的力量打破祂們的結界，帶走了瑟爾。

†††

阿奇不敢相信自己的眼睛，他看向自己眼前的那個憔悴、疲憊，似乎下一秒就會乾枯的身影。

「薩蘭迪爾！」他上去扶住瑟爾，「你不要嚇我，薩蘭迪爾，薩蘭迪爾！你是怎麼了？」

他叫喊了半天，卻只聽見瑟爾微弱的聲音。

「我認賭服輸，以利。」

什麼？他望向「阿爾維特」，眼前除了他，哪還有其他人。

「你到底是誰？」他怎麼會還不明白眼前人的異常。

「阿爾維特」微笑說：「你不是聽見了嗎？」

該死的，阿奇第一次憎恨起自己的智商。

「所以這就是你要帶我來的地方？薩蘭迪爾說願賭服輸又是什麼意思？」他迫不及待地問，卻害怕聽到回答。

「在回答你之前，我得先迎接兩個不速之客。」

「以利！」

都伊和惡神同時闖了進來。

「這都是你計畫好的，你和薩蘭迪爾！」惡神怒氣沖沖地道，「把我們玩弄在指掌之間！」

「你說的合作，其實是與祂合作？」都伊看向瑟爾，「我差點忘了，你原本就是祂的聖騎士。」

看祂們倆的態度，倒像瑟爾才是背叛了祂們的那個。

「真是奇怪，傷害他的不是你們嗎？」阿爾維特——或者說附身在阿爾維特身上的以利看向都伊與惡神，「怎麼惡人先告狀？還是說，被我一分為二，又自己一分為三之後，你們連可憐的智商都被分成三份了？」

哇，這個以利簡直比伯西恩還毒舌。阿奇正吐槽著，突然聽見意外的一句話。

「你說呢，伯西恩？」

伯西恩？伯西恩老師？什麼意思，伯西恩老師也在這裡嗎？

「你輸了，瑟爾。」以利憐憫又慈愛地看向自己的聖騎士，「你賭祂們愛你，卻輸得一敗塗地。你要怎麼支付我的賭注呢？」

瑟爾推開阿奇的攙扶，自己站了起來。

他走到以利面前，似乎完全沒有注意到另外幾個人的存在，也不在意以利對都伊和惡神的稱呼。

「好啊，那就由我來做燭芯吧。」

「燭、燭什麼？」阿奇忍不住要去拉他。

被他拉住的瑟爾側身看向阿奇，露出一個微弱的笑容，「你很厲害，阿奇，毫不愧對你的姓氏。」

「我……我根本什麼忙都沒幫到。等等，薩蘭迪爾，你打算做什麼？」與他同樣敏銳的還有都伊與惡神，祂們都緊緊望著他。

「如果沒有你，我根本不會有這個孤注一擲的機會。雖然我失敗了，但你已經給了這個世界一個新的希望。」瑟爾溫柔地望著這個曾經的法師學徒，「你研究出了真正的『抗體』，是不是，阿奇？」

即便是都伊與惡神，聽到這句話也忍不住側目看向阿奇。

「不，我……那只是一個『抗體』啊。它除了治療『魔癮』之外，根本沒有別的用處。」阿奇迷惘道。

「它是新世界的希望。有了它，即便所有人都失去了魔力，也能在一個沒有魔法的世界裡生活得更好。」

「魔癮」抗體，不僅奪取了人們的魔力，也解放了這個需要不斷用神明的生命，循序不斷地提供魔力的世界。而在一個不需要使用魔力，甚至不需要對神明信仰的世界，未來會怎樣呢？

瑟爾相信雖然可能要經歷一些波折，一切最終都會重建——因為他正是從那一個世界而來。一個雖然沒有魔法，卻仍然充斥著奇跡的世界。

只是在這裡，這個世界還需要最後一份燃料，為所有的生命都注射「抗體」，那就是點燃新世界的燭火。

「你確定嗎？」

以利也有點意外，祂本來以為成為燭火的會是都伊或者惡神，沒想到卻是瑟爾。

「我確定。」瑟爾說，「我不是早就說過了嗎？願賭服輸。怎麼，難道我一個還不夠？」

「你的靈魂，已經足夠了，可是……」以利似乎有些猶豫。

瑟爾看著祂，突然笑了。

「你可真不是一個合格的造物主，也不是一個成功的畫家。」

不知道為什麼，在他說出這句話的瞬間，以利的神情發生了前所未有的變化。

「是嗎？」以利笑道，「記得以前也有人這麼說過，在我和他第一次見面時。」

『喂，為什麼你畫畫，卻拿著刀叉？』

真是奇怪的生命啊。以利看著這個當年突然出現在自己眼前的靈魂，明明沒有信仰，卻比誰都更堅守信念；明明弱小不堪，卻總是一力承擔一切。

「真想看看創造你的那個世界。」最後，以利這麼對他說，「一定比我創造的這一個有趣很多。」

「嗯。」瑟爾對祂眨了眨眼，「至少那裡沒有這麼多隨性妄為的神明。」

「等等！」都伊終於站不住了，祂心中的不安越擴越大，甚至讓祂的指尖都微微發顫，「誰要做燭芯？沒有魔法的世界又是什麼意思？」

瑟爾終於回頭，看了祂，或者是祂們一眼，卻說出了一句不相干的話。

「我做出選擇了。」

『現在，小偷。』黑袍法師說，『自決，或者被我殺死，你可以自己做選擇。』

『既然你是占星塔的法師，那麼或許你會預言到，我是為何而來。』

瑟爾做出了選擇，而預言師無法預言自己的命運。

都伊和惡神還不明白瑟爾那句話裡真正的意思，就看見以利似乎等得不耐煩地在瑟爾額上輕輕一拍——就這一下，銀髮精靈瞬間和他的父親一樣分崩離析，化作無數碎片，不給人任何準備，那些碎片甚至沒在他們面前多停留一下就乘風遠去，一粒不剩。

以利看著指尖遺憾地嘆了口氣。就在這時，祂聽見耳邊一聲暴怒的，夾雜著不可置信的怒喊。

「以利——！你究竟、做了、什麼！」

祂回頭去看，沒有看見兩個分裂的都伊和惡神，卻看見了一個完整、雙目赤紅、近乎於瘋狂的——

「伯西恩。」

以利微笑道：「我還在想你什麼時候能拼回來呢。畢竟我最開始創造你的時候，你既不叫都伊，也沒有深淵之主這麼庸俗的名字，你就叫伯西恩啊。」

伯西恩，一分為二，成了都伊與惡神，又陰差陽錯分出了一個人類的自己。可歸根究底，不是都伊和惡神造出了伯西恩，而是伯西恩製造出了都伊和惡神。他即是伯西恩，也是都伊與以利。在他以人類的身分死亡的那一刻，他們三個就已經融合為一體，合而為一。

伯西恩揉著太陽穴，他本不是人類，這時候卻和人類一樣感受到了太陽穴的血管突突跳動的痛苦。

「你做了什麼，障眼法？」他低吼道，「你讓他回來。」

「回來？這是他賭輸的代價。」

「他是你的聖騎士！」伯西恩對祂怒吼，「你就這麼對他？」

以利反問：「你有資格說這句話嗎？我對他有你一半殘酷嗎？你告訴他你愛他，卻讓他目睹到自己所愛的人相繼墮入死亡，讓他知道精靈王自毀的真相，擊潰他的意識，粉碎他的脊骨，這些不都是你做的嗎？」

伯西恩深深喘著氣，捂著胸口，顯得痛苦又無助。

那是分裂的他，又不是他。他的心中時時刻刻充斥著不同的情緒，有時是對瑟爾的愛占據上風，有時是對這個世界的恨占據上風。被惡神占據主導地位的時候，他心中更多的是恨，即便是愛，那也是在實現目的之後才要討論的事。

是的，他曾經以為，他們還有時間。他還有時間，說服瑟爾，讓瑟爾乖乖聽話。

「說到底，你所說的『愛』根本抵不過你的私欲和偏執。你想剝奪他除了你以外的一切，你想毀滅他又控制他。」以利看著伯西恩，突然笑了，「知道我們賭的是什麼嗎？」

伯西恩抬頭望向祂。

以利輕描淡寫地吐出真相。

「我告訴了他你的真實身分，我和他賭的是——你會不會因為對他的愛，而放棄復仇。他輸了。」

『我輸了。』

『願賭服輸。』

在那一刻，瑟爾所流的淚，一半是因為希望被毀滅的痛苦，一半是因為對愛的信念被粉碎的絕望。

「我找到了創造新世界的方法後，就一直在尋找成為燭芯的候選人。我一開始想選擇你，但是瑟爾，他在知道真相後和我打了一個賭。如果贏了，我就必須選擇其他的方式點燃蠟燭。」

「……他是什麼時候知道真相的？」

以利想了想，「也沒有很早吧，在踏入你製作的這個迷陣的時候。」

所以，他早就知道伯西恩還存在。

被都伊和惡神設下陷阱的時候，他知道這是伯西恩；在惡神惡意用精靈王的死亡來擊潰他最後的心理防線時，他知道這是伯西恩

那個曾經對他說「我會守護你所想守護的一切」的伯西恩。

他是伯西恩，但又不是。人類伯西恩，心中只有魔法和對瑟爾的愛；神明伯西恩，心中卻充斥著太多的怨憎，以至於連他自己都漸漸看不清那份愛。他獲得越多人類時期的記憶，對瑟爾就越是畏懼。

是的，畏懼，他害怕自己真的像瑟爾開玩笑時說的那樣，會因為瑟爾的一句請求

就放棄了千萬年來的復仇。

所以，他選擇，囚禁這份愛。

他曾以為這是對的。

以利離開之前在伯西恩肩上拍了一下。那一下，像拍散了這個強大神明的神魂。

「恭喜你自由了。以後這世上，再沒有束縛你的枷鎖。」

他曾以為這是對的。

†††

「從此以後，再沒有能束縛你的枷鎖，也再沒有你所愛之人。」

講臺上的老師讀完最後一行字，闔上了書。

「好的，現在誰能幫我把創世史簡單複述一遍？」

他還沒要到回答，講臺下，一個長著惡魔犄角的孩子突然被同桌揍了一拳，倒在地上。

「都怪你們！」他的同桌，一個有著狼耳朵的女孩眼淚汪汪，一邊騎在他身上揮拳一邊哭道，「都怪你們這些壞人，薩蘭迪爾那麼可憐！」

老師連忙拉開他們。

「這不關他的事。親愛的，妳冷靜一些。」

「可都是他們惡魔幹的好事！」女孩吸著鼻涕哭道，「我討厭他們，他們害薩蘭迪爾那麼可憐。」

「我……」被他壓著打的惡魔男孩也跟著哭了起來，「我也不想當惡魔呀！我又沒有害薩蘭迪爾，哇──我討厭爸爸媽媽爺爺奶奶傳給我的惡魔血脈！」他拚命揪著自己的犄角，像是要把它扭下來。

老師連忙阻止他們，無奈道，「好了，那時候你的爸爸媽媽爺爺奶奶還沒出生，即便出生了，他們也沒有參與。因為真正傷害過薩蘭迪爾的惡魔，後來都被伯西恩毀滅了。」

女孩和男孩聞言，一起迷茫地看過來。

「為什麼呀？」

「明明伯西恩才是最大的壞蛋，是他害薩蘭迪爾那麼慘的。」

「這確實是他的錯。不過，他的結局比被他毀滅的惡魔們淒慘多了。」

畢竟，終身只能活在夢境裡，不斷重複著相遇相識和離別死亡，不斷經歷著最幸福與最痛苦的時刻，不斷在故事的結局迎來一次又一次的絕望，還要不斷催眠自己開啟新一次的輪迴。即便是神明的靈魂，也承擔不起這麼久的消耗啊。

而且，這個世界之所以現在還能留下微弱的魔力和魔法，光靠瑟爾當年留下的那些靈魂之力可不夠。

於是有人，心甘情願成了新的燭芯，做了他曾經厭惡的事。

下課鈴聲突然響了起來，老師推了推鏡片，笑道：

「這又是另外的故事了，我們下一節課再講。」

「老師，又來這招！」其他孩子們紛紛道，「總想用這招騙我們來聽選修課！」

看著孩子們踩著鈴聲離開，老師無奈地聳了聳肩。他收拾教材，自言自語地道：

「如果不這樣，誰來聽他們的故事呢？」

他走到窗戶旁，打開了教室的窗戶。

這是都城內最高的一座塔，創世史選修課就在這座塔裡上課。從他的這個視角看去，天空中交錯並行的魔動蒸氣飛船下，是規劃得井然有序的地面輕軌，而在這些充斥著科技氣息的煉金物品中，也有騎著天馬的精靈和半魔生物時不時飛過。

這是一個新的世界，一個魔法衰弱後，萌生新奇跡的世界。

而他腳下的這座城市，伊甸園，最中心是占地百頃的城市廣場，這裡豎立著自建國以來所有為新世界犧牲的人們的雕像。那裡有長著巨鷺翅膀的半獸人騎士，有銀髮藍眸的俊美精靈，在精靈的雕像旁邊，還有一個戴著精靈冠冕，卻長著一雙獸人耳朵的年輕女性雕像——他們是伊甸園的創始人。每年祭日，無數人都會帶著鮮花和感謝去祭拜他們。

他卻從未去過，他只在這個遠離市中心的高塔上看著那些已經成為了雕像，永遠無法再次從記憶中鮮活過來的故人。

誰會想到，阿奇・貝利沒成為法師，沒成為畫家，成為了一名古代史老師。以利最後離開前，給予了他不知是祝福還是詛咒的「永生」。

『總得有人記得他們。我覺得你比較適合。』

自那以後，他再也沒有見過那位眾神之神。

「我比較適合嗎？」阿奇笑道，「說不定是真的。換做其他人，估計早就瘋了。」

可他卻不會瘋，永生的每一天對他來說都是驚喜，這個新生的世界永遠都有新的奇跡在等著他。而今天，又多了一個。

就在他轉身的那一刻，他聽見了一道熟悉卻陌生的聲音。

「真意外，沒想到你真的做到了，一千年都沒有讓人忘記他。也真沒想到，那個傢伙會甘心做新的燭芯，無怨無悔。啊～正好我也去別的地方進修了一下，學會了一些新的知識。你有沒有聽過可再生資源這個說法？你說，燭芯能不能再生呢？」

是誰！

阿奇轉身望去，卻沒有看見任何一道人影，只有清風悄悄落在他手心。

同一時刻，在永無光明，永無聲音，永無希望的死寂之地，沉睡了許久的人睜開雙眼，看見被他緊緊摟在懷中，用盡所有力量保護住、最後一絲微弱的銀色光輝開始散發出越來越閃亮的光芒。

那雙沉寂的黑眸裡再次燃起光亮，他虔誠地低下頭，一遍又一遍，視若珍寶，小心翼翼地親吻著那抹光輝。

高塔上，阿奇愣了一會，隨即哈哈大笑起來，那笑聲中伴隨著遲來的暢快宣告。

「原來賭贏的是你啊，薩蘭迪爾！」

薩蘭迪爾·以利·安維雅。

安維雅是他的族群賦予他的姓氏，以利是他的神明賜予他的名，薩蘭迪爾是所有人呼喚他時的名字。

他用自己的性命做了最後一場豪賭。

並且，贏了。

光與暗之詩

DEAR MY THRANDUIL

SIDE
STORY

番
外
篇

陽光穿透薄紗，輕吻在少年的臉龐上。被那溫暖的熱意捂得臉頰發燙，鑽在被窩裡的人忍不住翻了個身，少頃，一個鯉魚打挺坐了起來。

「啊啊啊啊！」

他揉了揉一頭睡得翹起的短髮，嘴裡發出煩惱的低吟。

薩蘭多爾是伊甸園法術與科技學院的一年級新生。昨天是入學日，而剛入學的第一天，薩蘭多爾就產生了翹課的想法。一切都是因為他搞砸了昨天的入學儀式。

原本作為本屆備受矚目的新生，薩蘭多爾應該在入學儀式上作為新生代表發言。為了這個時刻，他整整一個暑假都泡在監護人先生的私人圖書室裡，然而千算萬算，都沒算到會發生一個意外，打破他悉心準備的一切。

「瑟爾？」

他昨天新認識的室友敲著門。

「你還沒起床嗎？我們要遲到了。」

「我感冒了。」薩蘭多爾捏著鼻子說道，「幫我請個假。」

門外的室友沉默了一會。

「雖然我也理解你現在的心情，可是瑟爾，你難道沒看課表嗎？第一節課是伯西恩教授的魔網基礎，聽學長說蹺課的人會被他關進小黑屋。」

匡噹一聲，站在門外的室友只聽到一陣劇烈的碰撞聲，過了一會，揉著腰的薩蘭多爾一臉生無可戀地出現在他面前。

「不是要上課嗎?走吧。」

「喂，等等，瑟爾，你衣服還沒換，你的鞋穿反了!」

薩蘭多爾一進教室，就受到了教室內所有人的注目禮，對此他早有心理準備，在心裡默念了一百遍「冷靜，不要露怯，瑟爾」，抬腳走向空座位。

「就是他，昨天的入學儀式上……」

「兩隻手兩條腿，很普通嘛。」

「別這麼說，長得很可愛啊，是我喜歡的類型。」

「你敢喜歡他，膽量可真大!」

窸窸窣窣，窸窸窣窣，薩蘭多爾忍無可忍，將手裡的課本用力拍在桌面上。教室裡一下就安靜了，所有人都看向他，帶著各種意味的視線幾乎要將薩蘭多爾穿透。

「喂，瑟爾……」室友同學在旁邊小心翼翼地拉著他的袖子，「就快要上課了。」

「是的，就快上課了。」薩蘭多爾故意用較大的聲音道，「所以大家安靜一點，迎接授課的教授，正好向教授展示作為新生的我們謙遜好學的一面。」

旁邊的人還來不及說些什麼，一個低沉的嗓音就從門口傳來。

「是嗎?」

穿著法師袍的黑髮男人，臂彎裡夾著一本厚重的書籍走進教室，日光灑在他冷峻的面容上，他黑色的眸子環視了教室內表情各異的學生們一圈，最後沉沉地落在表情好似便祕的薩蘭多爾身上。

「謝謝你，薩蘭多爾．貝利同學，我感受到了你的心意。」不知是不是錯覺，吐出最後兩個字時，黑髮教授似乎格外加了重音。

「唔……呃。」

薩蘭多爾雖然很想回一句什麼，但是在那存在感強烈的視線壓迫下，最終還是轉移了目光。他的耳朵簡直就快熟透了，從沒感覺過自己這麼自作自受。

他的室友在旁邊小聲道，「我就提醒過你，第一節是伯西恩的課。」

「現在開始，作為必要的提醒，我必須告誡你們，在我的課堂上除了回答問題，請不要製造出無謂的噪音。」

被那雙黑眼睛一瞪，室友同學立刻坐直，再也不敢和薩蘭多爾耳語。

薩蘭多爾用手指畫著眼前的課本，聽著那低醇的男聲從耳邊傳來，思緒卻又回到昨天的入學儀式。

昨天的入學儀式，本該是他精心展現自己籌備了一個暑假的開學演講的時刻，卻被一個意外徹底打破了——這個意外就是伯西恩．奧利維。在新生演講之前，照慣例是由教授代表先演講。這本來無可厚非，然而這一屆的教授代表伯西恩卻在他的演講中扔了一顆重磅炸彈。

「歡迎各位進入學院，經歷千挑萬選才獲得入學資格的你們，想必比任何人都明白在學院裡學習知識是多麼珍貴的機會。同樣，我想各位也不希望因為一時衝動或無知違反了校規，而被開除學籍。」

話說到這裡還很正常，新生們都洗耳恭聽，等著這位看起來很嚴肅的教授提醒他們一下必須遵守的校規有哪些。

「在這個學院，你們最大的依仗就是實力，你的實力界限就是你的自由邊界。」誰知道伯西恩語出驚人，「即便有法術天賦，沒有實力和野心，也無法成為一名真正的法師。只要你夠聰明、夠強大，就可以讓你的競爭對手和敵人服從你。這就是學院唯一的規則，服從強者，如果誰現在對這個規則感到畏懼，可以直接出門左轉，去隔壁的能源再生局。我想你們的法術天賦，在那裡能找到更合適的利用方式。」

學生們目瞪口呆，竊竊私語。

「他在冷笑嗎？」

「你瞎了嗎？那明明是嘲笑。」

「我好像找到了每年退學率那麼高的原因……」

「可是我覺得這個教授好酷！」

坐在新生席位上的薩蘭多爾此時還沒察覺到意外即將向自己襲來，就和其他人一樣，覺得說話這麼直接犀利的伯西恩真是酷斃了。

下一瞬，隨著伯西恩的手指指向人群，他整個人都愣住了。

「薩蘭多爾．貝利，一年級新生代表。」

「在……在！」

薩蘭多爾連忙站起來，緊張地看著這位冷酷的教授，不知道自己哪裡引起了對方的注意。

在其他人看不到的角度，伯西恩微微收緊手指。然而在外人看來，他只是挑了一個倒楣的學生起來回答問題。

「作為新生代表，你知道學院裡現在有多少名法術學教授嗎？」

沒想到自己會被問到這個問題，還好薩蘭多爾早有準備。

「包括古代法術和現代法術系，學院裡一共有十三位法術學教授，先生。」

伯西恩點了點頭，又問：「實力最強的是誰？」

「……是您。」薩蘭多爾語氣複雜地道，「先生。」

伯西恩在開學儀式上語出驚人，還有那麼多學生盲目崇拜，可不是因為學生們真的沒有腦子，而是因為伯西恩．奧利維這個人是當代最出色的法師！他尤其精通古代法術，在魔網衰退，絕大多數的法師沒有輔助道具就連一個火球都搓不出來的今天，傳聞伯西恩．奧利維是當世唯一可以施展禁咒級法術的人！

他不僅是學院最強，也是伊甸園最強，甚至是當世最強！有時候，薩蘭多爾看著伯西恩那令人瞠目結舌的履歷都在想，這一位強大又性格孤僻的大法師，竟然會乖乖地在一所學院裡當教書先生，他的履歷不該是毀滅世界的大魔王的最佳範本嗎？

正在走神的時候，他又聽見伯西恩問。

「那麼你我之間，誰的實力更強？」

「當然是您，先生。」薩蘭多爾想也不想地回答。

即便對自己再有自信，他也不認為還沒正式入學的自己擁有能與伯西恩較量的資格。然而，他沒注意到在自己說出回答時，伯西恩嘴邊的一抹笑容。

「既然這樣，那麼，你是否應該與我結為伴侶？」

「那是當然……抱歉。」薩蘭多爾懷疑自己幻聽了，「您說什麼？」

伯西恩理所當然地重複了一遍。

「我在問你，按照學院的規則，你是否應該服從比你強大的我，成為我的伴侶？」

世界末日了嗎？

這是什麼特殊的整人遊戲嗎？

還是我終於瘋了？

薩蘭多爾四處環顧，想看看究竟是不是自己一個人幻聽。可當他看到周圍的人齊齊投來詫異錯愕的視線時，就徹底澆息了僥倖的心理。

「你的回答呢？」

臺上，強大到像異次元生物，想法也異於常人的伯西恩・奧利維還在繼續追問。

薩蘭多爾的喉頭滾動了一下，努力克制住自己的脾氣。

「我、我不願意……我更加不明白您的意思，先生，或許這只是一個玩笑？」

「這不是玩笑。我可以再重複一百遍，我邀請你成為我的終身伴侶，用人類的話來說，我在向你求婚。瑟爾。」

薩蘭多爾終於忍不住發飆了，又急又氣的他甚至沒注意到伯西恩換了稱呼，以及聲音裡微弱的乞求。

「恕我不能答應！」

薩蘭多爾有種被人戲耍的怒火，他絕對不認為求婚什麼的是來真的，只認為這個奇怪的教授在故意針對他。

「喔。」伯西恩淡淡地道，「那我下次再問你一遍。」

回答他的是年輕的新生氣沖沖離開的背影。

薩蘭多爾・貝利的開學典禮，就這樣被破壞得一塌糊塗。而最糟糕的是，昨天的事件餘波未散，他開學第一節就得上伯西恩的課。然而好運的是，伯西恩似乎不打算繼續捉弄他，除了上課之前調侃了一句話，直到課程結束都沒有再特意找薩蘭多爾閒聊。

我得謝謝他嗎？

薩蘭多爾在心裡翻了一個白眼，趁午休時間，準備去找自己的監護人告狀。

當他找到他的監護人的時候，副院長先生正在摘抄厚厚一本的創世史。

「是你啊，瑟爾，怎麼了，上課還開心嗎？」

「開心。」薩蘭多爾咬牙切齒地說，「你怎麼沒告訴我，學院裡有這麼奇怪的一位教授？」

「奇怪的教授？」他的養父，貝利副院長從桌上抬起頭，「你在說誰？」

「伯西恩．奧利維，還能有誰！不要告訴我昨天的事你還不知道。」

不知是不是錯覺，薩蘭多爾聽見他的養父大人輕笑了一聲。可他抬頭看去，副院長大人擺出一副一本正經的表情。

「這你可錯怪他了，瑟爾。伯西恩教授為人雖然苛刻了一些，說話刻薄了一些，做人自私了一點……嗯，這麼看，他越來越有人味了呢！咳咳，總之他對學術嚴謹，對學生一視同仁，實力又強，一向是我們學院的招牌。」

「是嗎？」瑟爾磨著上下兩顆虎牙，「可昨天是怎麼回事？一開學他就戲弄我。」

「戲弄？瑟爾，難道我沒告訴你嗎？」

「什麼？」

瑟爾莫名有了不妙的預感。

「你小的時候我就跟你說過，你有一位婚約者。因為一些特殊原因，他不能立即來見你，所以我想，把你們的第一次見面安排在開學儀式上也不錯。」

「等等！」瑟爾痛苦地揉著自己的太陽穴，「你的意思是那個從小就沒有見過一面，一直出現在你恐嚇我的句子裡的婚約者，是伯西恩．奧利維？這究竟是你們誰開的玩笑？還有，誰准你們擅自替我訂下婚約，有誰考慮過我的想法嗎？」

「就是考慮了你的意見才會這麼做。」阿奇意味深長地看著瑟爾，「我看你也挺滿意的，難得表現得這麼有活力嘛，瑟爾。」

「既然這樣，我要退婚。」

「喔，不行，你打不過他。在學院裡，只有強者才能要求解除雙方的關係。」

該死的校規！該死的弱肉強食！該死的野蠻時代！瑟爾咬牙切齒，我想念二十一世紀！

「那麼我就退學，然後再退婚！」

阿奇的臉色一下子變了，他認真地看著瑟爾。

「你在開玩笑嗎？你想迎來世界末日嗎？我還想再多活一千歲，我還沒活夠呢！我可不希望世界再被一個瘋子毀滅一次啊。」

開玩笑的是你吧。

瑟爾頹然地坐在地上，手撐著額頭，銀色的短髮從他指尖落下，就像流淌而下的美麗水銀。

「誰能告訴我，這究竟是怎麼回事？」

再世為人，今年剛滿十六歲的瑟爾痛苦呢喃。

他的監護人兼養父，阿奇・貝利在他身後微笑。

「誰知道呢？或許這就是命運，瑟爾。」

或許，正是命運讓你們相遇、分離，又讓你們重遇。至於未來的結局會是什麼？不到那一天誰知道呢。

「如果真的想退婚的話，我教你一個方法。」看熱鬧不嫌事大的副院長大人說，「變強大吧，瑟爾，等你變得夠強，就能把他揍翻，任你為所欲為了。」

「不要說得好像我很猥瑣的樣子。」瑟爾站起身，「好吧，看來只有這條路了。那麼我先去訓練了，千里之行始於足下，得從今天開始努力才行。」

阿奇・貝利看著瑟爾離開的背影，恍然間，彷彿又看到數千年前那個永不言敗的精靈。

只要下定決心，就一往無前。

「歡迎回來，薩蘭迪爾。」

「嗯？你說什麼？」

「哈哈，快去訓練吧，瑟爾，不然小心被伯西恩教授追在屁股後面求婚喔。」

「你別詛咒我啊！」

少年的腳步聲匆匆離去，消失在明媚的陽光裡。

高寶書版集團
gobooks.com.tw

BL081

光與暗之詩 第五卷 燃燒的燭芯

作　　者　YY的劣跡
插　　畫　Gene
責任編輯　陳凱筠
封面設計　林鈞儀
排　　版　彭立瑋
企　　劃　黃子晏

發 行 人　朱凱蕾
出　　版　三日月書版股份有限公司
　　　　　Printed in Taiwan
地　　址　臺北市內湖區洲子街88號3樓
網　　址　www.gobooks.com.tw
電　　話　(02) 27992788
電　　郵　readers@gobooks.com.tw（讀者服務部）
傳　　真　出版部　(02) 27990909　行銷部 (02) 27993088
郵政劃撥　50404557
戶　　名　英屬維京群島商高寶國際有限公司臺灣分公司
發　　行　英屬維京群島商高寶國際有限公司臺灣分公司
　　　　　Global Group Holdings, Ltd.
初版日期　2023年8月

本著作物《神印》，作者：YY的劣跡，由北京晉江原創網絡科技有限公司授權出版。

國家圖書館出版品預行編目(CIP)資料

光與暗之詩. 第五卷 / YY的劣跡著.-- 初版. -- 臺北市：三日月書版股份有限公司出版：英屬維京群島商高寶國際有限公司臺灣分公司發行, 2023.08-
冊；　公分. --

ISBN 978-626-7152-88-1 (第5冊：平裝)

857.7　　112008849

三日月書版

三日月書版